COLLECTION FOLIO

Pierre Bergounioux

Catherine

Gallimard

Pierre Bergounioux est né à Brive. Il est notamment l'auteur de *Catherine*, *La bête faramineuse*, *Miette* et *La mort de Brune*. Il a reçu le Grand Prix de littérature de la SGDL (2002) et le prix Roger-Caillois (2009), tous deux pour l'ensemble de son œuvre.

I

Il n'avait pas bougé, à quatre pattes, la tête basse, râlant encore par accès sous le déluge noir qui l'avait instantanément transpercé. Un voile glacé descendait doucement le long de ses côtes que l'asphyxie, l'épuisement soulevaient par saccades, comme de profonds sanglots. Il n'y a plus rien. Je dois être vidé, maintenant. Il encensait pesamment, imprimant au long filet de bave épaisse, collante, déjà refroidie, qui pendait à sa lèvre un lent mouvement pendulaire. En même temps que l'abjecte mixture de petits pois et de porto qui se dissolvait sous son nez dans l'herbe noyée, il avait expulsé la houle abominable qu'il avait tenté d'apaiser avant qu'elle ne le jette dehors, luttant de vitesse avec l'extrusion suffocante, libératrice.

Dans les ténèbres, la campagne semblait frire sous l'averse. Une goutte s'était mise à tomber régulièrement de ses cheveux. Il frissonnait. Il s'agenouilla, le tronc oscillant doucement, les yeux brouillés de larmes et de pluie. Enfin, il se redressa tout à fait et marcha d'un pas incertain vers le rectangle de lumière jaune qui s'ouvrait dans la nuit.

Sa faculté de penser à demi stupéfiée, vacillante, il n'avait pas encore retrouvé l'âcre fond des choses. Mais il pressentait, à travers les vapeurs désordonnées, sa retombée prochaine dans la vase. Son estomac se révolta à la pensée qu'un instant il eut de chercher dans la bouteille ventrue des images plus accueillantes. Un dégoût violent, plein de cuir et de sucre, lui fit fermer les yeux.

Il grelottait. Il se défit de son pull et de sa chemise, s'enveloppa de la couverture mitée et s'affala dans le fauteuil d'osier. C'est là que la brume, les jeux verbaux colorés qui s'y mêlaient, plus saugrenus d'une lampée sur l'autre, l'avaient bercé d'abord avant que l'insidieuse faiblesse, le malaise puis le chavirement panique ne le précipitent dans l'obscurité diluvienne où des spasmes l'avaient terrassé.

Il était près de minuit. La porte refermée, il ne venait plus des bois et des ravins, sous la pluie lourde, qu'un chuchotement liquide. Tout autre que lui aurait eu plaisir à l'entendre, dans la maison anuitée. Mais rien ne lui parlait plus.

Il lui avait fallu quelques jours pour admettre l'évidence que c'était, dès avant qu'il ne parte avec ses hardes et ses cartons bourrés de livres, que partir, toucher à nouveau le pays, les choses simples du commencement, ne pouvait rien changer. Le monde extérieur contribue assurément à ma joie. Mais il faut encore que de mon côté j'en sois capable, redressé en moi-même pour faire écho. À tout le moins comprenait-il que l'emportement léger à quoi certains chemins l'invitaient, que le bonheur qu'il avait trouvé à les parcourir, supposaient qu'il s'en ouvre à Catherine, laquelle, seule, y faisait naître et sourdre la clarté dense qui les rendait rétrospectivement tels – bonheur, emportements... C'est elle qui détenait la clé. Il fallait, il suffisait qu'elle soit là, présente. Je pouvais aller, chercher, trouver parfois. J'y employais, à la fin, tout mon temps, tous mes soins. J'ai oublié de me rendre digne d'elle. Je me suis dispensé de l'effort que je m'étais imposé au début. Parce que j'ai bien su corriger d'abord, un peu, ma nature imparfaite. Peut-être même que cela modifiait la tête que je porte, le masque d'os et de chair que je n'ai pas choisi, puisqu'elle m'a épousé.

Les vapeurs se clairsemaient. J'y ai quand même ma part. On a la tête qu'on mérite. Il ne supportait plus celle que lui renvoyait le miroir.

À dix ans de distance, c'était un double étonnement : infiniment tendre, émerveillé, irrévocable, que contre toute espérance elle ait consenti à devenir sa femme, sans effroi ni calcul ; et sombre, insupportable que dix ans aient passé de la sorte, dans ce parfait apaisement, pendant lesquels, chaque jour, sans s'en rendre compte, il avait commis la faute infime, impardonnable, de n'être plus sur le qui-vive pour se tenir à sa hauteur, près d'elle qui l'avait accepté.

Le vrai courage, que je n'ai pas, c'est celui de tous les instants. La longue patience. Je lui demandais tout – d'être là, de magnifier, seulement en le lui montrant, le monde qu'elle m'avait ouvert. Mais j'avais tant à faire dans ce monde qui n'existait que par elle que je n'avais plus de temps ni d'attention pour elle.

À ce point de sa remémoration, familière comme lui devenaient familiers les événements menus, les fautes imperceptibles qui, bout à bout, faisaient dix ans, se tenait l'idée qu'un geste simple pouvait lui rendre le repos. La nuée basse, fugitive, de l'ivresse restante masquait la nudité noire du monde intérieur, la boue nauséabonde. L'acte grave, définitif, auquel toute pensée menait invariablement tirait lui-même du porto une inconsistance qui le rendait presque facile. J'irai voir dans le débarras.

On ne pense pas. Penser est une souffrance. Enfin, la pensée véritable. Pas celle qui court au ras des choses, impalpable, fugace. Non, celle qu'il faut tirer de loin en loin des grands morceaux écoulés du temps où elle cristallisait. Celle qui nous dit, en somme, de quoi ils étaient secrètement faits, qui indique soudain l'angle qu'ils forment avec les anciens éboulis de la vie antérieure. C'est après, seulement, quand la cassure s'est faite, qu'un large pan de la vie s'est détaché et roule au loin, qu'on se rappelle qu'on est au monde, que c'était agréable ou bien déchirant.

Je ne méritais pas ce don d'elle-même qu'elle m'a fait, l'image très belle qu'elle m'avait accordée. Je m'en suis laissé distraire, comme un gosse. Je reste un gosse, incurablement.

La pluie avait cessé. Les arbres s'égouttaient pesamment dans le silence. Il eut un regard morne, écœuré, pour les cartons fermés, sous l'abat-jour vieillot d'épais verre bleu. Cela n'avait plus de sens, à l'orée des bois, dans la nuit campagnarde. Il faut un appartement en ville, des toits, de vieilles avenues avec des ormes, des bibliothèques et, tout autour, la rumeur des gens qui vont et passent. Quand l'univers est un cube de cinq mètres sur cinq, le ciel un étroit rectangle que visite parfois le soleil, on se convainc facilement qu'on existe et que ça n'est pas dénué d'importance. On peut vivre de papier imprimé. On s'imagine qu'il serait terrible que cela finisse un jour. On craint la mort. Les forêts, les rivières – les vraies – sont loin, à peine réelles. On n'a pas l'espoir de les atteindre. Tandis qu'ici ! Que je sois ou non dans le tableau cesse de présenter beaucoup d'intérêt.

L'horloge comtoise émit un cliquetis compliqué d'où jaillit un coup grêle, si mélancolique à cette heure fourvoyée, si peu tolérable qu'il se leva et récupéra dans la corbeille métallique une feuille chiffonnée avec laquelle il bloqua le balancier.

Minuit et demi.

Elle a eu raison. C'est justice. Je vivais d'elle sans contrepartie. Je lui demandais tout. Je considérais, au fond, que c'était tout lui donner que la dépendance dernière où j'étais vis-à-vis d'elle. Personne ne m'aurait supporté si longtemps. Je n'existe plus à ses yeux. Ni aux miens.

Elle est de plain-pied avec l'heure, le lieu. C'est une grâce native. On ne l'acquiert pas.

Il s'était d'abord dispensé d'examiner les conséquences de l'instant subit où Catherine, d'une voix égale, retenue, lui avait dit simplement ce qui était et devait être, désormais. Mais il faisait si beau que le malheur – car c'était un malheur – ne pouvait à ce moment se glisser jusqu'à lui, le frapper. Il faut un décor de circonstance, une certaine lumière – par exemple un jour glacial et clair de février, ou pluvieux de mai, dans une salle anonyme et nue. Les livres, les choses me protégeaient, aussi. Pour n'être pas en reste, il avait voulu verser à son tour une importante contribution au jeu cruel qu'il pensait, après tout, que c'était. Elle en cause, rien ne pèse plus, ne m'est obstacle. J'ai tous les courages, ceux du moins qu'on ne prend qu'à de longs intervalles. Un brocanteur avait enlevé à vil prix les boîtes vitrées pleines d'insectes, les agates. Catherine était à l'agence lorsqu'il avait calé sur le siège avant droit les deux derniers lots – cinquante T-shirts cotton-dralon, made in Singapore, la philosophie classique, et seize litres de Cutty Sark, il ne savait plus quoi. Il avait abandonné les livres d'art, trop volumineux, trop lourds. Il était alors près de sept heures. Il s'assura pour la troisième fois qu'il avait bien sur lui le trousseau de cuir épais que bosselaient les grosses clés. Sans un regard, la tête vide, il avait rabattu la porte et descendu l'escalier. Le soir était chaud, radieux. L'été tenait bon. Il avait démarré : prudemment, car il sentait la voiture inhabituellement lourde et gauche, écrasée sur ses amortisseurs, il avait pris la route du Sud.

Ce n'est qu'au bout de quarante-huit heures, le temps ayant tourné à la pluie et à la brume, qu'il comprit que ce n'était pas un jeu. Chaque jour, il s'éveillerait seul. Seul encore il appareillerait pour une journée sans havre où Catherine, le soir, l'accueille, à peine croyable, précaire et incontestablement présente, pour le réaccorder à lui-même, à l'éternité calme où elle l'avait admis. L'élancement, oblique, l'avait traversé de part en part, et il avait passé la matinée sur la route déserte à marcher férocement, en aveugle, le souffle court.

Je ne sais même plus où la trouver, entre dix millions de personnes.

Ils avaient passé, Catherine et lui, cinq ans auparavant, quelques jours dans la maison que lui avait laissée l'oncle, avec les souvenirs magiques du premier âge. Mais avant ce soir d'août lumineux, il n'avait jamais songé qu'il pourrait s'y établir, que les meubles de bois sombre, les suspensions de verre dépoli, l'odeur de renfermé, le silence, les bois farouches se mêleraient au flux des heures, se confondraient avec elles au point qu'elles en auraient à la fin le visage.

Il avait obtenu un demi-service, à la petite ville voisine. Un coup de chance extraordinaire parce que les gestes héroïques dont il était capable en présence de Catherine balayaient toute considération de vie ou de mort, de souffrance et de durée. Mais il aurait été très vite embarrassé, et de la pire façon qu'il sût, si la demande in extremis de mutation à laquelle il avait pourvu le lendemain de ce jour où le malheur l'avait effectivement rejoint, n'avait pas été acceptée.

Il vécut d'expédients une semaine durant. Il restait, dans un coin de la cave, des conserves hors d'âge. Il mangea, à des heures insolites, des petits pois à goût de cuivre auxquels la grosse cuiller ajoutait celui du fer, des pêches au sirop orangées qui jetaient une pâle phosphorescence dans l'ombre plus noire qu'il faisait, sous le tilleul auquel il s'adossait avec la boîte. Il découvrit également que le porto – il y en avait quelques bouteilles, dans un casier défoncé – adoucissait sensiblement la crête des pensées, toujours les mêmes, qui ouvraient où qu'on aille sur l'abîme.

Les deux premières détonations se succédèrent si vite que la seconde sembla s'ouvrir dans le bref épanouissement de la première. La troisième était nettement détachée.

Il jeta un coup d'œil sur le cadran de l'horloge. Les aiguilles marquaient obstinément minuit et demi. Il ne remontait plus sa montre. Il pouvait être deux heures du matin. L'ouate de l'ivresse s'était effilochée. Il avait les pieds et les mains glacés.

La première nuit, vers la même heure, peu après qu'il fut arrivé, alors qu'étendu sur la courtepointe tout habillé, les yeux ouverts, il doutait d'être éveillé, que la réalité se tienne bien là, à l'intersection de la chambre ténébreuse et de la nuit profonde, il avait cru percevoir par deux fois la cymbale brève d'un fusil de chasse. Mais si grands étaient son désarroi, sa fatigue, la chute vertigineuse où dix ans de quiétude s'achevaient, qu'il ne se demanda même pas qui pouvait tirer au loin, ni sur quoi, à cet instant perdu.

II

Il ouvrit les yeux dans un cube laiteux où luisait de l'or. Une ombre veillait. Le jour esquissait à peine les jointures des volets. Il se souvint de s'être couché tard et devina qu'il fallait un grave péril pour l'éveiller si tôt, sans considération des fatigues auxquelles il donnait habituellement leur pâture. Sinon, on passe l'après-midi entre deux eaux. La journée est perdue. Il identifia la source des trésors indistincts – le bas du lit de cuivre –, l'ombre gardienne – l'homme – debout en fruitier noirci. Puis, l'intuition se propageant comme l'éclair jusqu'aux confins de la terre, son insupportable déréliction, le brutal, l'étrange exil. Un petit friselis d'oiseaux courait sur la clarté hésitante, mais étroitement répétitif, sans fioritures ni arabesques. De vulgaires moineaux, sans doute.

Il fut tout de suite parfaitement lucide et bascula d'un bloc pour être sur pied sans plus tarder. Avec les pensées terribles qu'il retrouvait, tenaces et qui faisaient cercle, il aurait été imprudent, impossible, de rester allongé, inactif, désarmé.

Une brûlure sourde à relent de cuir s'était déclarée à hauteur de son estomac. À la mélancolie où il pataugeait, un mépris de soi violent s'ajoutait qui venait de cette partie de lui-même – les dix années d'oubli, de vertu, de hâte joyeuse – qui avait cessé d'être lui puisque Catherine était partie.

Il but au robinet une eau ferrugineuse et sortit avec ses vêtements fripés dans le premier matin. En fait, la lumière n'était pas blanche, comme il l'avait cru à la découpe des volets. C'était du bleu, très délayé, qui filtrait immédiatement du ciel noir, purgé de sa pluie. Il frissonna. Son haleine se condensait épaissement. L'herbe semblait givrée, mais ce n'était qu'une très abondante rosée. Il revint chercher la couverture dans la pénombre où la bouteille jetait un éclat gras. De l'autre côté de la clôture basse, les arbres entrevus dans le trouble de l'arrivée puis à travers les verres colorés de l'ivresse – des noyers – montaient, solennels, inattendus, à l'est. Car il ne pouvait plus séparer les dômes de verdure, le silence, l'herbe qu'il foulait des heures brèves, irréelles, qu'il passait avec Catherine, ici et là, au large, sous la grande chaleur. Puis il fallait rentrer, se glisser, tout étourdi encore, entre les murs doublés de livres, s'asseoir, s'ébrouer pour s'abîmer de nouveau en soi-même ou se pencher, et c'était tout un, sur les pages imprimées où se révèlent à nous le sens et la cause de nos agissements. Il se disait : au fond, j'ai cessé de vivre pour essayer de comprendre en quoi vivre consiste et je me suffisais de cette vie simulée. J'habitais une sphère étroite, un monde de pierre et de papier, à l'écart du lent charroi des jours, des suggestions énormes, muettes, auxquelles, sans cela, on ne résiste pas. Or, les frondaisons qui s'essoraient de la nuit froide, la naissance d'un jour limpide et tardif, déjà, dont il était témoin, le furtif automne surpris à l'œuvre, profitant du sommeil des hommes, achevaient de vider la place où il s'était joué à lui-même dix années durant la scène monotone d'une vie qui trouvait en elle-même et autour d'elle sa raison. Je n'avais pas à chercher loin.

C'était, cette campagne transie mais grosse encore du mystère de sa feuillée intacte, les vacances et ce n'étaient plus les vacances.

Il songea qu'il y avait, dans l'amoncellement des cartons, les deux tomes entoilés de rouge. Je pourrais étudier, essayer. Mais cette pensée ne pouvait prendre sous le bleu humide et pâle, comme d'un œil entrouvert, de la clarté neuve.

Il serra sur ses épaules la couverture et, d'un pas qu'intimidait tant de majesté, il marcha jusqu'au grillage effondré qui séparait la terrasse du verger déclive. Les noyers se perdaient dans les fonds indistincts. Il s'enhardit à passer la clôture. Un âcre parfum venait des arbres ruisselants. On est comme après le déluge, quand la terre lavée de nos souillures surgit des eaux.

Il avait gardé de jadis, des jours pareils à des voyages qu'il passait avec l'oncle, le souvenir d'un bois solennel, en contrebas de la maison. C'est pourtant ça – une plantation de noyers rangés au cordeau – que j'avais sous les yeux, comme maintenant. Il se demandait, errant doucement parmi les troncs, si les images qu'on recueille, au commencement, sont parées déjà de leur magnificence, dûment pourvues des ombres noires, des plages de soleil que la mémoire y devine, plus ténébreuses, plus éclatantes encore tandis que l'on avance, ou bien si c'est seulement la distance, lorsque de loin on se retourne, qui nous fait voir dans les jeux confus de la création les bêtes, les gouffres, les astres surnuméraires, l'inépuisable richesse qui semblaient l'habiter.

Il traversa un carré d'herbe haute, flétrie, d'où pointaient les extrémités grises, tronçonnées, de grosses branches. Son pantalon était trempé jusqu'à mi-cuisse. Sous l'inclémente litière, il repéra le large plateau brun d'une souche. Il devait y en avoir d'autres, dans les loges vides alentour, fourrées d'herbe, tapissées d'écorce, de feuilles brunies, de bleu, où flottait l'âcre senteur de noix verte. Sous la clarté plus vive qui coulait vers les fonds, quelques taches de soufre s'allumaient aux tiges hautes des bouillons-blancs.

Il se pencha, la tête vide, vers la collerette d'écorce qui s'entrebâillait autour du bois compact et détacha sans effort une large écaille. Bon Dieu ! Dans le grand silence, l'exclamation muette lui sembla s'inscrire en caractères distincts, d'une encre nette tandis qu'immobile, la plaque d'écorce serrée entre le pouce et l'index, il contemplait la grosse escarboucle, non l'émeraude ovalaire, finalement l'escarboucle que d'un geste simple, mais infaillible à y penser un peu, il venait d'arracher à la terre endormie. C'est à peine si l'animal avait frémi, tiré de l'étroit habitacle qui le dérobait aux périls nombreux, jeté dans la lumière qui le portait instantanément au rouge et le signalait à tous. Il n'y avait pas à douter. Ce n'était pas un rêve. Il y avait le froid aux jambes, l'âcre parfum, les détails de l'herbe. *Carabus hispanus.* Celui dont la pourpre tire le regard, sur les planches coloriées. C'est lui que j'espérais trouver quand j'écorçais en forêt, quand je cardais la mousse des talus. C'est l'espérance de cette rencontre qui soutient pendant les heures courtes, tôt consumées, de la chasse. Mais il fallait sans doute qu'elle se produise à l'instant où, consciemment du moins, j'avais cessé d'y compter, à la faveur d'un geste unique, à peine volontaire. Le carabe ne bougeait plus après l'imperceptible frémissement d'antennes qu'il avait eu lorsque le jour avait inondé, investi la ténèbre humide de l'étroit interstice où il se tenait.

Peut-être s'était-il si rempli de l'ignoble bouillie qu'ils ingèrent après digestion externe, les carabes, qu'il était incapable d'un mouvement. Ou bien le froid furtif qui visitait maintenant la terre, son prochain royaume, aux heures désertes où la nuit se défait, l'avait-il déjà saisi, touché de sa main pâle.

Il frissonnait, l'ivrogne, sous la couverture qu'il avait laissée glisser sur son dos, accroupi parmi les taches de soufre, ne respirant qu'à peine, l'œil fixe, cillant à chaque métamorphose de la pierre vivante que la moindre vibration de la lumière rendait alternativement verte et pourpre, sans transition. À moins qu'il ne puisse pas concevoir, le carabe, que l'écran, l'obstacle qui rendait sa vie possible, qui contribuait plus que ses pauvres défenses – les élytres durs, la petite réserve d'acide butyrique – à la perpétuer, venait d'être emporté, volatilisé. Que l'éblouissement qui l'avait enveloppé, où il avait cessé de sentir la fibre noire et juteuse de l'écorce, était le signe avant-coureur de sa fin. C'est un peu comme moi, pensa l'autre, qui grelottait sous le ciel pur.

Il est exactement comme sur les planches, mais plus grand. Surtout, il y a ce vert et cette pourpre entre lesquels on ne peut choisir. Il n'était pas pressé. Tout, depuis le début – la froide pointe de septembre, le seul geste qu'il eut fait, cet éclat de gemme tiré du bois fongueux, l'insecte pétrifié –, tout portait le sceau de l'heure unique, en marge des heures, où la vie, c'est-à-dire la paroi solide au long de laquelle on allait, s'entrouvre. Il s'était retourné. Ou plutôt, il avait esquissé, de la tête, une demi-rotation en direction de la maison invisible dans son dos, masquée par la pente. La pensée qu'il était seul, que Catherine l'avait quitté, devait sans doute flotter hors de lui, entre les troncs, car absente lorsque sa tête avait commencé à pivoter, elle lui tira de la bouche et du nez deux jets brefs de condensation.

Son regard revint sur son frère hexapode, repu, engourdi, soûlé de lumière ou simplement inconscient. Il réfléchissait. Il était parti les mains vides. Il se fouilla, tira de sa poche le paquet de cigarettes écrasé, en glissa une sur chaque oreille et se ficha les deux restantes entre les lèvres. D'une main qui ne tremblait pas, il saisit le carabe de part et d'autre de l'abdomen. L'insecte alors s'anima de partout, les pattes tournoyant sur leur trochanter, la tête et le corselet oscillant dans leurs emboîtements, les antennes folles. En même temps qu'il le poussait au fond du papier argenté, il respira l'odeur surie, nauséeuse, de l'acide butyrique. Une brûlure intense, mais rapide, courut sur sa joue et l'aile de son nez. Il ne m'a pas manqué. Il pinça l'ouverture du sachet improvisé, ramena sur sa poitrine les pointes de la couverture et se mit à la recherche de la souche suivante, en avant, à la même hauteur.

Il s'était écoulé du temps. La crête, en face, baignait dans une poussière dorée qui aveuglait. Son œil furetait, en quête d'un autre disque de bois, quand l'espèce de hurlement, de vociferation gutturale lui fit lever la tête – …lez foutre le camp ! À quarante mètres, plus haut, sur le même versant, dans la lumière, les mains aux hanches, une statue, un colosse dont il ne discernait pas la figure devait le dévisager sans aménité. Le voisin, vraisemblablement. Je suis arrivé sans tambour ni trompette. Il s'ôta de la bouche les deux cigarettes et s'efforça de composer un personnage aussi digne que le permettaient la vieille couverture, les gauloises sur les oreilles et le sachet improvisé dont il pinçait le pli. D'une voix qu'il s'efforça d'ajuster à cette distance inhabituelle d'interlocution, il s'excusa d'abord, puis signala qu'il habitait la maison au-dessus. Et il tendait une main imprécise vers le haut du verger.

Le colosse parut secouer la pellicule d'or dont il était à moitié recouvert, diminua de largeur mais non de hauteur et d'un mouvement lent, irrésistible, disparut derrière le muret de pierre sèche en direction du toit de lauzes qui brillait comme le flanc d'un poisson.

J'aurais dû me présenter, demander aussi la permission de descendre dans le verger. Mais il se tenait en si piètre estime depuis toujours et plus particulièrement depuis que Catherine s'était détachée de lui qu'il répugnait à imposer à qui que ce fût le triste personnage dont tout le premier il jugeait importun le commerce. Simultanément, ce qui arborait figure humaine l'indifférait au suprême degré et ce n'est plus qu'en cas de force majeure qu'il acceptait de jouer en société un bout de rôle. Il n'y a guère que les livres, le murmure épuré des morts. Et encore.

Enfin, ce hurlement dans le verger quand la lueur de l'*hispanus* palpitait sous les arbres, c'était la pesante paroi qui se refermait, les affaires humaines dont la rumeur l'atteignait jusque sur la frange incertaine où peuvent se croiser, contre toute attente, des errements infimes : quelques grammes de chitine-feu, à peine irriguée d'humeurs blanches, corrosives, et ce vertige, ces lendemains d'ivresse face au matin. Il faisait grand jour. Il admit qu'il avait été heureux, c'est-à-dire oublieux de lui-même. Il risqua toutefois, suspicieux, un coup d'œil sur le sachet bleu. Comme il n'y avait personne pour le certifier de sa présence, pour simplement attester qu'il venait de vivre une heure préservée, sur l'autre bord, c'était, cette heure, comme si elle n'avait pas été. Elle ne pouvait prendre la couleur qui la rendrait visible aux yeux de la mémoire, le poids qu'il faut aux vestiges du temps pour composer, tout au long du chemin qui s'estompe, des ruines fidèles et même parfois une auberge où l'on s'est reposé. Il suffoquait un peu de la confidence rentrée de son incursion brève, sur l'étroite marge.

Il remonta. Il fit glisser le carabe dans un verre, jeta son pantalon trempé vers le linge sale épars, souillé de vomi, qui jonchait le parquet de sapin, entre l'empilement des cartons et le fauteuil d'osier. Après délibération, il se défit d'une barbe de deux jours. Il décréta, sans avoir trop à se mentir, qu'il n'avait pas faim. Manger, comme se raser du reste, ne présentait aucun attrait. Les petits plaisirs, se sentir propre, éprouver des succulences, il faut, pour les avoir, que nous soit accordée d'abord cette élémentaire satisfaction : se supporter soi-même. Et elle ne dépend pas de nous. Nous n'y avons que peu de part. Le tabac, sur la brûlure de l'estomac vide, était affreusement âcre. Sa pensée s'engageait sur les chemins qui mènent infailliblement à l'abîme. Il se résolut à prendre, sans entrain, la route et couvrit les cinquante mètres qui le séparaient de la maison en contrebas, où habitait la grande gueule.

En fait, séparés de cinq mètres, c'était deux bâtiments bas, d'égale longueur. L'un, pourvu de portes étroites et d'ouvertures grillées, devait servir de remise. C'est de là que partirent, lorsqu'il poussa le portail délabré, les aboiements furieux. Il y en avait au moins deux qu'il entendait gratter le bois d'une porte arrondie. Il marcha vers le corps de logis. Les aboiements redoublèrent. Des ferrures crièrent dans son dos. Il se retourna. Le colosse occupait toute l'huisserie. Il avait un visage, maintenant, mais l'autre ne se sentait guère plus avancé face aux traits approximativement gravés dans la chair rougeâtre, au hasard des creux et des nodosités de l'ossature. Sous la broussaille hivernale des sourcils, un regard pâle lui arrivait en pleine figure.

Il marcha vers la cariatide, l'air dégagé, et fit

halte à trois pas. Il s'excusa, rappela qu'il habitait au-dessus et qu'il venait d'arriver. Bien qu'il eût le vif sentiment que pareille confidence était pour le moins incongrue, sinon parfaitement superfétatoire, il précisa que c'est parce qu'il collectionnait les insectes, les coléoptères surtout – vous savez, avec des ailes dures, des élytres comme on dit – qu'il avait pris la liberté d'enjamber la clôture. Il ajouta des raisons grossièrement mensongères. Ça protège les plantations. En vérité, les carabes, pour toutes repessailles, ne se mettent sous les mandibules que limaces, chenilles et autres phytophages. Mais l'autre, sous sa porte, n'était pas forcé de le savoir. L'amusant, d'un certain point de vue, c'était l'impassibilité vraiment marmoréenne du titan, dans sa niche de brique. Le regard était si clair que la lueur de la vie n'y était pas visible, le visage guère plus différencié à trois pas qu'à cinquante.

Il termina par une humble requête qui, le mettant d'emblée en posture d'obligé, aiderait peut-être à la réincarnation du morceau de façade auquel il s'adressait. Je voulais vous demander de me permettre de regarder sur les souches, s'il ne s'y rencontre pas d'autres insectes.

La cariatide ne marqua par nul indice, même très ténu, qu'elle avait enregistré la fin de sa tirade et qu'elle allait fournir la réplique. Les yeux de marbre lisse, à peine teinté de jaune, restaient braqués sur son visage rafraîchi, vaguement parfumé de menthe, parfaitement inexpressifs.

Ou bien le type n'avait pas compris la question, de plus en plus pesante, comme en porte à faux depuis que les délais raisonnables pour la réponse toute simple qu'elle appelait étaient sensiblement dépassés ; ou bien il y avait perçu on ne sait quoi de si insolite, voire peut-être d'insultant – mais j'ai été poli, je crois –, qu'il se trouvait dans la cruelle obligation, le type, de laisser le silence s'éterniser, gênant, lourd d'interprétations très libres, dont certaines désagréables.

L'autre hésita un bref instant, qui fut un peu long à glisser, soutenant le regard décoloré. Il réitéra toute son histoire sous une forme condensée – votre voisin, j'arrive, je ne causais aucun mal, accepter mes excuses. Il reprit, mais en raccourci, la posture d'obligé – me laisser examiner le bois coupé. Et comme ces stimuli ne déclenchaient toujours pas de réponse, dans un soudain recul vis-à-vis de cette communication unilatérale avec l'impassible indigène, il se fit à lui-même la plaisante remarque que son interlocuteur était peut-être sourd. Il imagina, avec un léger pincement des lèvres, qu'il faudrait mimer le carabe jusqu'à l'agonie finale dans les vapeurs de l'éther éthylique, suivie d'empalement. L'épaule de pierre quitta la bordure de brique, le corps massif s'enfonça dans la maçonnerie, plongeant dans la pénombre de la remise, le visage indéfectiblement sculptural. Je n'aurai même pas à imiter un grouillement de pattes. La main gauche, appuyée jusqu'alors au rebord intérieur du mur, surgit un bref instant dans la lumière rasante qui détaillait chaque aspérité de la maçonnerie. Elle était saucée de sang. Il y en avait aussi sur la chemise gris-bleu à carreaux, en taches larges, épaisses, et sans doute encore sur le pantalon de grosse toile et les bottes en caoutchouc noir. Mais ils se confondaient avec le sol de terre battue. Le loquet de fer retomba sur l'ergot, de l'autre côté de la porte que le soleil striait de longs sillons sinueux.

Au fond, moins j'ai de gens à voir, de mines et de phrases à composer, mieux je me porte. Il n'y avait que la question des insectes, laissée en suspens, pour l'embarrasser un peu. Après tout, il sait à quoi s'en tenir. Il ne va pas me tirer dessus. Enfin, un poulet, un lapin ne contiennent pas assez de sang pour vous éclabousser de la sorte. Un veau peut-être. Mais ça se fait à l'abattoir. Je crois.

Malgré l'heure encore précoce, il aurait été impossible de soupçonner que le froid coupant avait poussé, à l'aube, une courte reconnaissance. L'été, malgré son âge, campait avec beaucoup de verdeur son personnage. Le toit de la maison se découpait dans un bleu cru. À peine si quelques feuilles, sur un grand peuplier enfoncé dans le ravin, viraient à l'or.

De s'être levé matin, et puis aussi cette marche frontalière entre la nuit et le jour, la rencontre fatale, l'éblouissement, la contemplation intense constituaient déjà un stock important d'émotions, de fatigue.

Il couvrit d'un pas lourd, en haletant légèrement, les cinquante pas qui le séparaient du fauteuil d'osier et s'y laissa choir avec le soleil en face, à travers les carreaux.

La question des rapports avec le voisinage se trouvait réglée de façon rapide et peu coûteuse. Les frais de conversation, l'échange périodique de paroles sans grandes conséquences qui assurent l'entretien de rapports stables, à peu près pacifiés, entre les hommes, étaient à soustraire des soins au prix desquels on pouvait subsister, ici. Il se demandait quel animal avait péri dans la remise obscure pour répandre ce rouge, cet or qui l'aveuglaient. Une mort atroce, loin du soleil. Puis le cours de ses pensées, quoiqu'il prétendît en garder le contrôle, entreprit de sinuer à l'extrême limite de la zone où il demeurait visible. Il se fixa un long moment sur la pourpre du carabe. L'insecte immense, égorgé, reposait sur la terre noire. Cependant, son sang perdait peu à peu le vif éclat qu'il avait d'abord. Catherine, en léger retrait, à nouveau proche, indulgente, écoutait le récit qu'il pouvait lui faire enfin de sa chasse somnambulique. Il ne parvenait pas à lui rendre intelligible ce fait sur quoi il s'obstinait et butait : à savoir qu'en vérité, c'est parce qu'il était lui-même un carabe, l'hôte précaire d'une étroite loge et qui rejetait simplement au lieu de l'ingérer une infâme bouillie, qu'il avait deviné quelle écaille il suffirait de soulever pour s'emparer de son double éclatant. Catherine, malgré la tendre application qui entrouvrait ses lèvres et haussait son sourcil, ne parvenait pas à saisir certains termes qu'il avait proférés sur le ton de l'évidence. Car ils condensaient – tu comprends ? – cette double découverte : d'une créature infime, mussée en un repli de la terre et qu'il était, lui qui répétait ces mots étranges et transparents, son frère obscur. Il arrondit la bouche, affermit le timbre de sa voix, que tout s'éclaire enfin, d'un coup, et ouvrit les yeux dans le bleu.

Il se retourna vers Catherine, se souvint de tout et lâcha l'idée composite, importune, qu'il peinait à revêtir de son enveloppe sonore. Mais il perdait au change car il lui fallut troquer cet agacement contre le poids énorme qui retombait sur lui. J'ai dormi. Il était plus de midi.

Il eut un moment d'affolement. Puis il nota : primo, que rasé de frais et vêtu de façon à peu près convenable, il n'aurait pas à consacrer de temps à la préparation du personnage qui allait bientôt monter sur les planches ; secundo, qu'avec toute cette amertume dans la bouche et l'ennui que c'était devenu de manger, son repas serait vite pris ; tertio, qu'il savait sa partie suffisamment depuis sept ans qu'il se produisait dans le même rôle pour n'avoir pas besoin d'ouvrir la chemise orange où il serrait ses répliques. Mais le sommeil héberge des craintes invraisemblables, impudentes, qui l'accompagnaient jusqu'à la soudaine lisière, s'aventurant parfois, même, à découvert, dans la vie éveillée.

Il avala, debout, la tête penchée pour que le jus ne tache pas sa chemise, une demi-pêche au sirop. Puis, l'esprit flottant, tout occupé de Catherine, vaguement désespéré, il empoigna son cartable et se mit en route vers la plaine.

Ce n'est pas vrai. C'est de vivre dans une chambre, enfin dans un lieu clos, une loge bâtie de main d'homme, coupé du monde extérieur, ne le devinant plus qu'à peine à travers des rideaux, qui fait notre malheur, le sérieux de la vie. Elle n'est pas forcément cette grande et terrible affaire.

Il suffisait qu'il discerne, à deux cents pas, la tendre fourrure des saules et des aulnes entrebâillée sur l'eau nue, sur sa fuite songeuse où se miraient sans doute les calmes broderies que faisait et défaisait là-haut le ciel, pour que continuer d'ouvrir et de fermer la bouche en veillant à imprimer un sens exact, concerté, au filet sonore qui s'échappait de ses lèvres perde sa raison. Il lui fallut exercer sur lui-même, et sans ménagement, comme on brusque un peu un enfant opiniâtre, une ferme pesée. Il eut alors les vingt-quatre visages tournés vers lui, qui ne l'avaient pas perdu de vue pendant le bref intermède riverain qu'il s'était accordé et qui ébranlait jusqu'à presque le déréaliser le spectacle qu'il avait sous les yeux. Pêle-mêle, les petites filles sorties des livres de la comtesse de Ségur, l'enfance pourrissante, mauvaise, de trois gamins qui singeaient à cent lieues de distance les façons qu'on se donne, à défaut de tout, dans le béton des banlieues, quelques bonnes joues rubicondes sur des tabliers noirs, aussi. Ces dernières venaient tout droit d'un passé qui n'était pas tout à fait, ici, le passé. J'étais comme eux, comme ça. Au contact de la réalité morte qui était là, indubitable, hallucinante, il cherchait parmi les têtes lisses, confuses, écarquillées qui s'échelonnaient sur six mètres de profondeur la sienne propre, pareillement lavée des rides, le masque d'os qui avait percé avec les années résorbé, dissous, et sous la chair fragile, sensible, sous le cheveu sévèrement dressé, les émois, les images lumineuses, le grouillement de larve des naissantes pensées.

Ils attendaient. Ils auraient attendu éternellement, assis, brisées les attaches qu'ils avaient avec la campagne proche, arrachés aux nuées intérieures, aux sollicitations rapides, impatientes du besoin – bâiller, boire et manger, crier, courir –, circonvenus.

Il commençait à saisir des visages. Des nez se flanquaient d'yeux, des oreilles poussaient dans les boucles blondes. Autour de ces linéaments, des bouches, des fronts essayaient divers assemblages.

Sans attendre que le puzzle se recompose,

d'une voix subitement lasse, il se contraignit à poursuivre, à résumer.

Vous comprenez. Chaque fois qu'on prononce, autour de vous, une phrase, un verbe, vous y relevez, sans même y penser, quatre indications fondamentales. La première touche à la réalité ou à la non-réalité de l'action désignée par le verbe. C'est sa valeur modale. Ainsi, lorsque je dis : je parle, vous observez que je fais réellement ce que je dis. Cela existe. En outre, cette action, je fais savoir qu'elle est inachevée. Je n'ai pas fini. La preuve en est, vous l'entendez, que je continue, que je profère encore des mots, de nouveaux mots. Cette seconde indication relève de ce qu'on appelle l'aspect. Je parle maintenant, à l'heure qu'il est. C'est donc le présent. Le temps présent. Enfin, je parle, mais chacun d'entre vous en est capable – vous parlez, il parle. C'est la personne. Le mode, l'aspect, le temps et la personne sont les quatre catégories verbales. En se combinant diversement, elles engendrent les quatre-vingt-quinze variations que tout verbe peut présenter. Enfin presque. Il eut un geste vague. Je vous dirai.

Il se tut. Les têtes inégalement proches s'étaient solidifiées autour des yeux et des bouches, mais il n'y avait rien, du moins il ne pouvait rien mettre encore derrière ces combinats en voie de fixation. Ç'aurait pu être – mode conditionnel, donc irréalité, aspect achevé, pas de valeur temporelle propre – des visages découpés dans du papier et collés sur de l'isorel. Tout le monde a compris ? Il parcourut du regard le demi-cercle qu'ils formaient, croisa des yeux vides où la vie mettait pourtant sa lumière et annonça : leçon. Pour demain.

Le décor chavira. Avec un ensemble assez réussi, les nez, les nattes, les lunettes, les bouches gourmandes basculèrent dans les travées, entrechoquant des tubes d'acier et des plateaux de formica.

La mousse des saules riverains flottait à deux cents mètres, tenace et tendre. Cette impudence légère du règne végétal, la Dordogne qui se glissait, invisible, hors des replis profonds et noirs du schiste, le ciel aussi tiraient si fort l'œil et la pensée qu'à nouveau il dut se rudoyer. Il revit les visages classiques. Ils avaient gardé leur sagesse d'images. Les plumes levées, à deux centimètres des feuilles, n'attendaient plus pour courir que le dévidement du fil sonore, rompu, effiloché, dont il cherchait gauchement un brin. Oui. J'ai dit. Je disais. Mardi, demain. Apprendre la leçon. Exercice. Ce n'est pas sérieux. Pour la première fois, il ne parvenait pas à trouver sa place, en léger retrait du grand type dégingandé, un peu goguenard mais attentif en vérité, sous des dehors débonnaires, un rien distraits même, à zigouiller sauvagement, d'un seul coup térébrant, le premier qui menacerait, fût-ce de loin, d'un sourire, d'un murmure, de l'ébauche d'un geste, précisément ce prince équanime qui tenait le devant de la scène. Ce qu'il y avait à la fenêtre, presque à portée de la main, la sensation physique de l'eau libre, des contreforts puissants du Massif central, creusés de ravins, fourrés de bois, le bleu immense, visible, retiraient à leurs minuscules agissements à tous, à ces histoires de temps et d'inachèvement, de réalité et de personne, la justification qu'ils trouvaient quand on reste à l'écart – il citait – des oiseaux et des sources. Le rôle bien rodé, les tirades faciles, l'épée de carton, la scène étroite du monde s'étaient volatilisés. Il ne subsistait plus sur l'estrade, de biais, une fesse en appui sur le bureau, qu'un vertige où montaient, de mémoire, quelques répliques à quoi manquait le ton. Page..., il feuilletait le livre neuf, page 12, paragraphes 3 et 4. Vous relèverez toutes les formes verbales de l'indicatif. Vous chercherez, pour chacune d'entre elles, ses valeurs aspectuelles, temporelles et personnelles.

Le timbre strident brouilla les deux dernières catégories. Dans les heurts du fer en tube et des panneaux d'aggloméré, plus brutaux, prolongés, les fragments du puzzle se dissocièrent et regagnèrent leur troisième dimension.

Il repéra les cigarettes au milieu de la paperasse administrative dont on l'avait surabondamment doté. Le tabac gardait son âcreté.

Il n'était pas pressé. La route étroite qu'il emprunterait pour rentrer serait déserte, portant un instant vers la rivière avant de monter sauvagement à l'assaut des pentes. Et puis il n'y avait personne, non plus, à la maison.

Les deux dernières musettes kaki, historiées d'éclairs, de sigles, cahotèrent dans le chambranle puis s'effacèrent.

Il ne se ressaisissait pas. La longue habitude formée dès avant l'âge véritable de raison et à laquelle il s'était adossé tranquillement depuis, s'était défaite. Il rencontrait immédiatement, où qu'il porte les yeux, des pans verticaux, des cloisons, d'étroits corridors. Les trouées elles-mêmes, les portes, les fenêtres butaient de l'autre côté de la rue sur des murs, d'autres fenêtres, mais aveugles celles-ci, d'autres portes, fermées. Le chemin qui menait de la pièce pleine de livres où il lisait, assis, sans bouger, à celle remplie d'enfants où il parlait en marchant, était lui-même encombré, encagé par les hautes façades. On oublie que les routes peuvent bifurquer, se glisser parmi les herbes, les arbres, courir vers les rivières et les coteaux.

Il faut ces cubes, ces parallélépipèdes aux angles nets, le repère cartésien qu'ils donnent à chaque instant à chaque geste, au moindre mot. Sinon, lire entre les livres étagés, s'occuper de ces histoires qui ne se rapportent à rien qui existe vraiment, ou bien doubler en l'éclairant, à l'usage des visages que chaque automne renouvelle, le fil ténu de la parole, perdent leur juste dimension, leur justification. Pas besoin d'imaginer, de craindre au-delà si ce n'est que ça finira un jour. J'ai eu une sorte de vie. Je sentais le sol sous mes pas. Il y avait un bord partout, que je pouvais atteindre.

L'après-midi déclinait. L'air était tiède. Ce pouvait être un plaisir que de simplement s'y mouvoir. Le silence compact, celui des vacances qui s'achevaient à peine, avait reflué, rempli jusqu'au plafond la classe vide, infusée de lumière. Il fourra dans son cartable les feuillets dactylographiés, le livre bleu qui sentait la colle puis, par la galerie de béton cru badigeonné aux couleurs de l'arc-en-ciel, il quitta les lieux sans rencontrer personne.

Il avait beau revoir, tout en roulant, la scène qu'il venait de jouer, elle restait aussi dépourvue de sérieux que l'instant d'avant, sans prise ni attache sur rien qui la rende vraisemblable. À moins d'être aveugle et sourd, de ne pas voir ce ciel – et il y avait justement dans l'axe de la route, entre les bouillons de lumière jaune et de vert fané, un rideau qui tombait sans un pli, d'un bleu suave, de l'empyrée –, le moyen de s'y reconnaître, d'être un peu à soi-même, dans ces contrées ? Le monde est trop proche. On en est transi. Ce n'est pas désagréable. Mais il est difficile d'accéder à une existence distincte. Il ne concevait pas qu'on puisse étudier autrement qu'à l'étroit, abrité de la respiration énorme de l'espace par des épaisseurs successives de murs, protégé non seulement par les toits des rêves qui agitent sans discontinuer le ciel, mais par un solide glacis de pavé de l'humide et sourde suggestion de la terre.

Con ! Il donna un brutal coup de volant, sentit les roues, à droite, mordre sur l'étroite banquette et frôla le parapet de schiste du ponceau. Après le virage aigu qui l'avait surpris – il faut décidément se méfier, ici –, la route se jetait au flanc des ravins. Il passa en troisième. La paroi nue déroulait sa toile bise.

Comment les gosses pourraient-ils s'occuper de ces histoires, s'absorber en eux-mêmes quand je ne suis même plus capable, moi, dont c'est le métier, d'y croire, de m'y retrouver. Lorsqu'il songeait aux heures recluses et lentes pendant lesquelles on explique la découpe du temps, les quatre-vingt-quinze variants qui organisent la durée, ou bien les quarante-huit transformations de la phrase française, il lui semblait voir, amenuisés, comme à travers une buée, quelques enfants arrimés à leur table et lui-même, bougeant faiblement, et dont il ne percevait même plus la voix. La route montait et tournait incroyablement. Il dut descendre en première, braquer avec vigueur. L'habitacle s'illumina. L'étrave du promontoire surgit dans la lumière violente. La maison du sauvage, toit de lauzes en tête, sortit d'un pré, suivie de la haie désordonnée de lauriers. Il était arrivé.

Le moteur coupé, le silence se refermait

comme une eau profonde sur le trouble léger qui l'avait traversé – huit cents kilos de fer alésé, embouti, riveté, obéissant aux volitions du corps, bien moins lourd, qui s'y insinuait, lequel à son tour semblait répondre aux directives hasardeuses de la conscience impondérable, de moins en moins patente à elle-même, qu'il hébergeait.

Les oiseaux s'étaient tus depuis longtemps. Août, dans sa gloire, est déjà étrangement silencieux pour qui se montre un peu attentif. Les insectes aussi, hors les grandes sauterelles vertes – *Tettigonia viridissima* – qui lançaient comme des gerbes de sonores étincelles, invisibles dans les haies.

Il ne se sentait pas fatigué. Les portes, en se refermant, plongent les gosses dans une sorte de stupeur qui les tient bien dix ou quinze jours. Ensuite, insensiblement, ils commencent à se rendre compte et que l'affaire risque de durer. Ils s'impatientent et ça ne va plus tout seul d'œuvrer à leur instruction.

Il avait laissé la maison ouverte. L'odeur, quoique atténuée, restait celle de son désarroi, d'un ailleurs qui était pourtant ici. Je ne vais pas me remettre à penser, à boire. D'ailleurs, le souvenir du porto avait des relents révoltants. Ils incitaient, plus que toute considération morale, à la vertu. Il ouvrit un carton de Kleenex d'où il tira d'épais volumes de linguistique générale, s'arrêta, émit un clic puis attaqua celui, sans mention plus ou moins fantaisiste de contenu, qu'il avait posé à côté, sous la fenêtre, le lendemain de l'arrivée. Un sondage rapide, désordonné, rencontra les deux livres entoilés de rouge, à faible profondeur. Il se redressa, indécis, balançant à bout de bras les formats inhabituels. Dehors, sous le tilleul, les fantasmagories des courts récits qu'il commençait à bien connaître se détacheraient sans doute assez mal sur la perspective des noyers, du ravin qui bleuissait, de la crête opposée méticuleusement éclairée sous l'azur foncé. Mais l'odeur tenace de renfermé était celle de l'abandon, des mauvaises pensées, de l'abîme. Elle poussait aux gestes définitifs.

Il s'assit dans l'herbe, le dos au tilleul.

Il relut *Voyage en enfer*, deux fois. Ça remplissait à peine une page. Puis, à la file, *Mateo Falcone, Le moine des Chartreux, Portrait de Lord Byron.* Des affaires promptement enlevées. Le genre d'histoire qu'à treize ou quatorze ans on croit suffire. C'est un gosse. Mais il sentait bouger sous le papier une pointe dure, menaçante.

L'haleine paisible du soir, le calme océan des bois donnaient aux pensées closes, distinctes, sinon claires, une échelle inusitée. Le détail s'effaçait. Mais la question de leur utilité se posait plus nettement : en l'occurrence, celle de ces pages trop courtes, rageuses, et l'avantage qu'en avait escompté la vie insensée qu'elles ponctuaient d'éclats. Il n'a pas arrêté, de 1834 qu'il commence – il a treize ans – à 1880 que la mort l'arrête au milieu de *Bouvard et Pécuchet.* Il a dû être empêché de jouir en paix de ce qui lui était concédé. Il fait immédiatement dépendre le contentement de soi de la reconnaissance par les autres qu'il est tout. Donc, qu'ils ne sont rien. Mais c'est là l'unique requête à laquelle refuseront absolument de se rendre ceux à qui on la soumet. Il n'y a pas à discuter, à argumenter. C'est d'un seul coup, par un arrachement, un déchirement fulgurants, irréparables, qu'on peut me déposséder de tout, des choses, des certitudes en petit nombre, finalement, qui composaient pour moi le monde. Adossé au tilleul, il lui semblait comprendre mieux depuis que lui étaient devenus sensibles la dérobade du sol où il avait trouvé longtemps son assise, la ruine des hauts parapets qui masquaient l'abîme circulaire, le vertige fait de soleil et de bois, de nausées, de routes solitaires.

Une sauterelle verte actionna sa molette dans la verdure fatiguée de septembre. Il leva la tête, sentit se craqueler puis se dissoudre l'espèce de paroi tout idéale qu'il avait doucement édifiée autour de lui, de l'arbre, et qui contenait ses pensées. Mais il tenait assez fermement celle qu'il avait réussi à faire germer et croître pour en extraire encore ceci : que dans le rapport qui aurait dû s'instaurer entre le moustachu en herbe et ceux que ces premières pages armées, déjà vulnérantes, visaient, il comptait apparaître, le gosse, Flaubert, comme la mort en personne. S'il n'avait pas commis d'erreur – mais laquelle ? – il aurait été cela, celui qui nous dessaisit de tout et de la satisfaction élémentaire que nous en tirons. Je le sentais sans pouvoir me l'expliquer quand je lisais ses livres tardifs, d'après 1850 – Emma, les autres aussi, Carthage, les bourgeois de Paris, les deux corniauds. Il n'écrit pas pour me distraire, pour ajouter aux images que j'ai, à l'idée que je me fais de la vie un lustre supplémentaire, de nouveaux raffinements, un peu plus de lumière, des couleurs. Mais à l'inverse pour m'en défaire, pour provoquer l'irruption en moi de la nuit brutale, du flot sombre qui déferlent quand ma fin est là, certaine, imminente. Écrire n'était jamais pour lui qu'un long détour, une approche couverte et lente, nécessaire. Et soudain, il se dresse devant moi. Je me sens inopinément frappé d'un coup mortel. Il peut lire, dans ma grimace subite, dans mon œil stupide où la vie s'éteint qu'il est bien celui à la hauteur de quoi, dès l'âge de treize ans, il a désiré de s'élever.

Il faut vérifier, voir un peu plus loin si ça tient, si ce qui est aux deux extrémités traverse bien toute son existence. Il a dû vivre noué sur sa plume comme sur une arme blanche, barbare, sinusoïdale, hérissée de dents – comme la baïonnette du Mauser –, terne d'abord, mousse, et puis jetant soudain, vers 1856, la lueur froide, meurtrière de l'acier aiguisé.

Le fait de réfléchir raffermissait les habitudes dont son exercice dépendait : manger, ni trop ni trop peu, à heures fixes, dormir le temps qu'il faut, réduire au strict nécessaire le bruit, l'agitation brouillonne qui viennent des vivants afin d'entendre mieux la confidence épurée des morts. Après les jours d'égarement, l'appétit lui revenait, un creux bien calibré s'ouvrait où verser un volume précis d'aliments simples et sains – du jambon, des pommes de terre bouillies et une petite gâterie, de la confiture, une banane, quelques carreaux de chocolat. Il n'y avait rien que deux moitiés de pêche fortement oxydées, roussâtres, qui flottaient dans le sirop trouble. Il était trop tard pour redescendre au hameau ou à la ville acheter du pain. Le temps, sur cette crête, bondissait comme les trucs à molette. Il pouvait être indéfiniment quatre heures de l'après-midi. L'instant se figeait, s'enkystait. Puis, d'une détente brusque, il était sept heures. Un peu éberlué de ce grand saut, il récupéra, dans un coin de la terrasse, deux écailles de schiste, improvisa un lutrin sur lequel il plaça le livre ouvert et commença *Un parfum à sentir*. Il y respirait bien cette odeur froide qui envahit le crâne à la seconde où l'univers bascule. Mais il ne parvenait pas à en repérer la source. De toute façon, elle n'était pas assez forte pour l'incommoder. Ça suffit à rendre le récit inopérant. C'est raté. Il mordait distraitement dans la demi-pêche rouillée, le menton en avant, le jus dégoulinant dans la paume, sur le poignet droits. Sa main gauche, propre et sèche, glissait sur la page, palpant les saillies du mécanisme cruel, complexe, qui se tendait, se raidissait pour lâcher, vers la fin, le carreau d'acier, la pointe barbelée qui aurait dû l'atteindre, le déchirer.

Il n'avait rien entendu, seulement deviné qu'aux créatures fantomatiques nées jadis dans une chambre de l'Hôtel-Dieu de Rouen et qui évoluaient, mal dessinées, autour de lui, dans un hiver de papier, une présence plus compacte, peut-être deux, s'étaient ajoutées. En se poussant entre les lèvres le dernier morceau de pulpe molle, il leva les yeux. Les yeux pâles, marmoréens, étaient les mêmes, mais tout autour, c'était un autre visage, émondé, raboté, qui affichait un sourire large et fixe. Le colosse se tenait à quelques pas, en retrait, toujours rugueux, tel un dieu de la forêt qu'on aurait déposé sur la terrasse, pendant travaux.

— Robert C., votre voisin. Vous connaissez déjà mon frère, je crois.

Il se sentait gêné, la main droite poisseuse, la manche relevée, les joues gonflées de bouillie sucrée. Surtout, il était si loin de ce contact subit avec des personnages de chair, ou de marbre, mais enfin compacts, qu'il n'est pas nécessaire d'imaginer, qu'il fut un instant à trouver une contenance. Il hocha rapidement la tête en émettant un son qui, né de la gorge et s'échappant par les narines, tenait lieu d'assentiment et de civilités. Il tendit la main gauche, le bras légèrement renversé, et serra imparfaitement un épais morceau de chair et d'os. Il avait dégluti en prenant appui de la langue contre son palais. Oui. Je suis allé me. Mais l'autre, volubile, tout en rondeurs et en sourire, expliquait déjà.

— Il a cru à un maraudeur. Il y a de la racaille dans nos campagnes. Nous surveillons vos terres, en souvenir de votre cher oncle. Ensuite, voyez-vous, cher monsieur, il se repentait si fort qu'il n'a plus osé parler. Il est timide. Mais il n'y a pas offense, hein !

L'autre aurait voulu faire une question mais Robert C. poursuivait. Oui, nous aimions beaucoup votre cher oncle. Quel bon voisin, hein, Antoine ! Le sylvain émit sans bouger un oracle indistinct. L'autre en profita pour lever la main et l'agiter, pour parler à son tour.

— Attendez ! Le verger est – il chercha une formule neutre – rattaché à la maison, là ?

Le sourire, en face, sur les dents très blanches, se mêla de surprise amusée. Votre oncle ne vous a pas ?

— Je ne l'avais pas revu depuis longtemps. Avant, j'étais enfant, je ne me souciais pas de. Et puis ça s'est passé si vite.

Robert C. s'était fait une tête navrée.

L'autre poursuivit : de sorte qu'à part la terrasse, je ne sais rien sur la propriété. Le mot le gênait.

Robert C. confirma que les noyers lui appartenaient. En souvenir de votre cher oncle, nous avons un peu nettoyé, avec Antoine. Les arbres s'empêchaient, voyez-vous. Il leur faut de la lumière, hein, Antoine ? Le dieu des bois dut hocher la tête. D'ailleurs, le bois ne vaut pas grand-chose.

Il frissonna. Une fraîcheur inattendue avait gravi les pentes et submergeait la terrasse. Le verger avait coulé dans le bleu. Le soir vient vite, maintenant. Je vous offre quelque chose. En même temps qu'il lâchait la formule, pour dire quelque chose et remercier, il se souvint du triste chantier qu'il avait ouvert dans la salle à manger – le linge souillé, mouillé, la bouteille, les cartons ouverts, je ne sais quoi encore... Puis il se souvint qu'il était désespéré. La peine d'exister avait perdu l'importance indiscutable dont il avait pu croire, jadis, qu'elle était revêtue. Il ne subordonnait pas l'estime qu'il s'accordait à lui-même au bon ordre de cette pièce fanée, d'un autre âge, qu'assiégeait le crépuscule. Il avait perdu d'ailleurs la notion même de cette illusion – l'estime de soi, c'est-à-dire l'estime des autres, autrement dit l'illusion qu'on peut leur donner qu'on est quelque chose ou quelqu'un. D'autant qu'ils n'étaient plus que deux, sur la terre, dont un ressortissait au règne minéral, à pouvoir faire croître ou diminuer, à cet instant, cette vapeur qui vous monte à la tête. D'ailleurs, elle s'est complètement dissipée. Il voyait le fond, la vase noire, collante, les monstres échoués, informes, qui bougeaient sous la lueur blême. Il n'y a plus que la vérité nue, les pensées terribles. En ajoutant un peu de courage à tout ce dégoût, je pourrais vite m'en débarrasser.

Je vous précède.

Il ramassa quand même au passage le linge sale et le fourra derrière le buffet avant d'allumer la petite lampe sous son abat-jour de verre bleu. Asseyez-vous. Il poussa vaguement deux fauteuils en osier, passa à la cuisine où il récupéra des verres et revint se poser sur une chaise, le dos à la lampe, face aux deux frères. Je n'ai que ça. Il remplit les verres. Je me demande comment il peut garder ce sourire. Il est vrai que la bouche seule participait. Les yeux, pour peu qu'on parvienne à les isoler, prenaient la dureté opalescente du marbre.

C'est Robert C. qui semblait chargé des relations extérieures.

— Vous lisez ?

— Un peu. Le métier.

Même en se contraignant, parler, construire des phrases, placer quelques intonations ici et là était au-dessus de ses forces. Ça n'a plus aucun sens. Surtout avec cette lumière atténuée, cette ombre où s'enfonçaient le mobilier démodé et lui-même, sans doute, à contre-jour. C'est comme si je me survivais à moi-même. N'étaient les deux autres, passer à l'étage, ouvrir le placard et disparaître aurait été un jeu.

Au reste, Robert C. ne paraissait pas tellement soucieux de se former de lui une idée précise sur laquelle, par des indications calculées, des confidences judicieusement filtrées ; on aurait pu agir. Ce n'est pas eux qui me rendront à moi-même. Il n'y a que Catherine qui puisse m'épargner de chercher plus loin, de me tourmenter – je ne suis pas cela –, de penser.

Il s'était servi du porto, mais il s'abstint d'en boire, de respirer, même, l'affreux parfum. Antoine, immobile, remplissait le fauteuil. La tête baissée, ses yeux n'étaient pas visibles sous la broussaille des sourcils.

— Oui, c'est assez tranquille, poursuivait Robert. Ce n'est pas comme à Paris, les spectacles. À part la chasse.

L'autre dressa un peu l'oreille.

— La chasse ?

— La chasse.

— Qu'est-ce que vous ?

— Le cochon. Ça se trouve encore, par ici.

Ils en avaient expédié un pas plus tard que ce matin. Il se souvint des coups de cymbale et les trouva un peu matinaux. Mais il ne fit aucune observation et se renseigna poliment.

— Ça n'est pas dangereux, avec ces défenses ?

— On ne s'en est pas rendu compte, hein, Antoine ?

— Vous avez des armes spéciales ?

Robert C. changea son verre de main, se pencha dans le fauteuil et tira de sa poche un petit objet qu'il lui tendit. C'était un cylindre de métal terne, rainuré, s'achevant, à l'une de ses extrémités, par un cône arrondi. La lumière pauvre révélait un fort aplatissement latéral du cylindre.

Robert souriait.

— On l'a récupéré dans les poumons.

— C'est du fer ?

— Du plomb durci. Ça suffit. C'est comme un coup de masse. Antoine préfère la chevrotine. C'est pas que ce soit trop permis. Des fois, il ne fait pas très clair. Avec la dispersion, on a plus de chances ; ça l'oblige à ralentir. C'est là que j'interviens, au posé. Antoine allume un cochon qu'il ne voit pas à soixante mètres.

Ça expliquait les taches de sang, les chiens aussi.

— Oui.

Il rendit la lourde balle. L'autre lampa son porto. Sans transition, il proposa d'éclaircir un peu plus le verger, dans le bas. Vos arbres s'étouffent. Il n'y a pas de fruits.

Mais dans le soir précoce de septembre, la solitude épaisse qui refluait, l'exercice de la parole était comme un pesant fardeau sur le bord de la route. On l'a porté longtemps, par acquit de conscience, sans trop se demander ce qu'il contenait, s'il méritait les fatigues qu'il coûtait. Je sais maintenant que ce n'est rien, rien qui vaille la peine que je le porte plus loin. Il faut espérer de l'usage du langage un profit, même léger. C'est comme son sourire. Se tirer comme ça les joues demande un effort important, la perspective d'un gain. Du bois de chauffage. De pauvres gars qui doivent monter tout un numéro pour se chauffer. Et de se trouver malgré lui dans la peau du hobereau auprès de qui on vient quémander à mots couverts la prorogation des droits de bois mort ajoutait une amertume au goût de vase qu'avait le soir. Il rassembla tout son courage pour garder le maintien décent de l'hôte, les jambes croisées, le buste immobile, quelques plis de bienveillance accrochés ici et là sur la figure. Il aurait voulu bouger, marcher au hasard, afin de distraire le désespoir qui retombait, puisque Catherine n'était plus là.

On débardera, on vous débarrassera du bois, disait le sourire pétrifié. Il cilla. Je vais. Excusez-moi. Il parvint à invoquer sa fatigue, le grand air, le dépaysement. Nous en reparlerons. J'ai été très heureux. Il serra la main épaisse de Robert puis la pesante extrémité du colosse et il fut parfaitement seul. Il n'était pas très tard. C'est la tombée rapide de la nuit qui donnait cette impression. Le tonique appétit qu'il avait fort piètrement trompé s'était éclipsé. Il avait sommeil mais l'élancement sourd qui lui venait du vide, de sa dépossession, l'empêcherait de trouver le sommeil.

Il faisait presque froid. Il ferma la porte qui donnait sur la terrasse. L'obscurité collait au carreau. Il revint s'asseoir, indécis, rebondit et passa à l'étage.

Dans le débarras, l'odeur de moisi, intacte, était presque tangible. Il alluma et ouvrit le placard. La caisse de sapin était à la même place que vingt ans auparavant. Et l'oncle aussi, soudain, en tablier de jardinier, dans la lumière douce, succulente, de l'après-midi, paisible, auréolé des mystères de la terre vers laquelle il se penchait. Ton grand-père nous avait envoyé ça. Je ne sais pas pourquoi, en 16 ou en 17. J'avais ton âge. On l'a gardé.

Il se souvenait d'une arme massive, d'un poids accablant, et dont l'immobilité trompeuse, le sommeil alerté inquiétaient plus que si elle avait été pendue à un clou, comme le fusil de chasse dont l'oncle ne se servait jamais. Le tube métallique épais, serti dans le bois, pouvait causer des blessures mortelles à de très grandes distances.

Où est le fusil de chasse ? Il le chercha en vain des yeux, se pencha et souleva le Mauser. Ça pèse bien quatre ou cinq kilos. Il entreprit de le démailloter. Les chiffons gras, desséchés, étaient comme du carton. Il délivrait une momie. L'acier noir du canon, le guidon, la hausse graduée sortaient, menaçants, à la lumière. La baïonnette dentelée, dans sa gaine de tôle, reposait au fond de la caisse avec les cartouches en vrac. Certaines étaient associées par cinq au moyen d'une plaquette d'aluminium – de longues balles pointues à tête argentée. La crosse, large, de section presque quadrangulaire, était piquée de vers. Il fit basculer le gros levier et le tira à lui, sans trop d'efforts, provoquant une syncope métallique, comme un wagon à la jointure des rails.

La culasse béait. Il repoussa le levier et pressa la détente, produisant un claquement sec, vaguement fatal. Il marche. Il eut un frisson glacé, désagréable. Impassible – mais il lui en coûtait de garder un visage égal –, il préleva dans la caisse un chargeur de cinq cartouches, tâtonna gauchement avant de l'engager tout entier dans le magasin et manœuvra le levier. Il ne put réprimer alors un geste incohérent, aspirant l'air profondément, convulsivement. Il suffisait d'une pression légère pour engendrer d'importantes conséquences – la flamme, le bruit (qu'il supposait énorme), le prodigieux envol du cône argenté à mille mètres-seconde et sa rencontre désastreuse avec l'étendue. Ou la pensée. Il avait la tête vide. C'est quelque part dans l'abdomen que s'était logée l'idée ou plutôt la sensation d'un surplomb élevé : à gauche les reliefs adoucis, les retraites lumineuses où il devinait la présence de Catherine. À droite s'ouvrait l'abîme, sans couleur ni forme, rien qu'une plongée verticale. Avec ce qu'il tenait à deux mains, un animal dangereux, un serpent noir prêt à mordre, le plus léger mouvement pouvait tout changer. Il haletait. Il empoigna le levier et le ramena brutalement en arrière. Une longue balle jaillit de la culasse et roula sur le parquet. Quatre fois encore, il extirpa un cylindre luisant, pointu, du ventre étroit de l'arme. Il rabattit le levier, s'agenouilla et appuya le canon sous son menton levé. Il chercha à tâtons la gâchette et poussa maladroitement. Il n'y eut que le claquement sec du percuteur sur sa butée. Il avait confusément espéré, dans son trouble, se tromper. Il aurait fallu que le chargeur contienne un nombre plus important de cartouches, une dizaine, une douzaine. Sur une série un peu longue, il devient facile de compter mal. En reprenant une posture moins incommode, il se rendit compte qu'une erreur de calcul, vu la position de sa tête, renversée sur la nuque, lui aurait peut-être simplement arraché la figure. Il imagina, malgré lui, le réveil cauchemardesque, rougeâtre, dans une bouillie sanglante, au milieu de la nuit, de l'odeur de moisi, sous l'ampoule toujours allumée. Le tableau était extrêmement déplaisant. Il s'en détourna. D'un esprit qui condensait à nouveau, dans lequel il devinait des souvenirs, de fades échéances, il rangea le Mauser debout dans le placard.

Je pourrais peut-être écrire.

Dans la pourriture blême, une flamme ou seulement une lueur hésitait. C'est une âme limpide et forte. Faible aussi, à sa façon, face à toute cette saloperie où je nage. Je ne suis que saloperie. Il s'était assis en tailleur, la tête basse, l'œil fixé sur une lame de sapin comme une allée rectiligne qu'un esprit fantaisiste aurait ratissée avec application, traçant ici des boucles, divaguant par endroits.

Je ne suis que saloperie, mais s'il y avait en avant ou au-dessus l'idée qu'un être pur se fait de moi, je peux devenir cette idée, lui donner corps. Il faudrait que j'essaie de lui expliquer. Par lettre, c'est plus facile. Le papier intercéderait. Je n'aurais pas besoin d'être là, en personne, pour agencer, pour seconder les mots nécessaires. La saloperie attendrait dans son coin que l'idée supportable qu'elle appelait lui revienne en écho, se dessine devant elle. Après, il n'y a plus qu'à se rapprocher, qu'à s'élever pour l'incarner.

Je n'ai fait qu'oublier. C'est tout. Je me suis retiré peu à peu de l'image qu'elle m'avait tendue. J'ai glissé vers les profondeurs limoneuses, insensiblement. Je retombais sans m'en rendre compte en moi-même, à petit bruit. Elle devait sentir que ça sonnait creux, qu'il n'y avait plus que cette façade qu'elle avait elle-même édifiée, que j'ai habitée – je crois – avant de déserter. Il se peut encore qu'elle comprenne, qu'elle me pardonne.

Déjà il s'était redressé dans la boue qui aurait pu l'engloutir, l'instant d'avant. Il devinait des berges abruptes, difficiles, qu'il gravirait et, au-dessus encore, l'incertaine lueur. Les yeux lui brûlaient. Il secoua la tête, se redressa sur ses jambes engourdies. L'odeur de moisi tourbillonna. D'un pas alenti, il s'achemina vers la chambre en se défaisant de sa chemise. Il bascula sur la couverture chiffonnée, ramena sur lui la courtepointe et sombra dans le sommeil.

III

Il supposa que le froid insinuant contre lequel il brandissait la courtepointe provenait du motif rectangulaire de nacre qui avait, un bref instant, percé le noir. C'est comme le marbre, au fond, du calcaire cristallisé. Puis il ouvrit les yeux pour de bon et chercha gauchement des repères – l'heure matinale, le lieu, et encore ce qui s'ensuivrait, les gestes, les paroles, la conviction afférents au personnage qu'il faudrait composer. Je fais trois heures, ce matin.

Le brouillard était si dense que l'univers finissait avant même d'atteindre le bord de la terrasse. Le verger n'existait pas. Il était malaisé de se résoudre à jouer sa partie dans cet engloutissement, d'autant que son décor neuf de bois et d'eau lui avait déjà retiré presque toute sa raison.

Il se sentait de la même consistance vaporeuse et froide que l'impalpable nacre qui obstruait le carreau. C'est pourtant de cette buée qu'il faudrait tirer, construire, le prince rêveur, le fauve aux aguets dans les quarante mètres carrés où il allait s'enfermer.

Il explora sans conviction le placard de la cuisine. Il ne contenait que du savon de Marseille rongé par les souris et un bloc brunâtre, un paquet de chicorée sans doute, dont il était exclu qu'on puisse encore tirer un liquide potable. Il but de l'eau à goût de fer. La faim était là, précise, exigeante et saine. Ça va mieux.

Il passa la chemise, presque convenable, qu'il avait jetée en travers de la barre en cuivre, chercha un pull et porta un fer impartial dans le poil rebelle qui lui poussait la nuit. Le miroir terni ne lui renvoyait pas quelque chose de très différent de ce qu'il y mettait ordinairement. C'est curieux qu'avec la boue, le vide, les monstres, l'abîme où j'aurais pu tomber, me dissoudre, il ne se forme pas à la surface une ride, une dépression légères. Que je demeure.

Il fallait rouler doucement pour ne pas franchir la banquette et basculer dans le ravin. Le cône des phares se perdait sans résultat appréciable dans la nacre. Au bout d'un temps indéterminé, la terre se redressa sous les roues. D'énormes cubes d'une matière poreuse vinrent flotter de part et d'autre de la voiture. La vitrine de l'épicerie, une grande tache ovoïde, phosphorescente, avec des cylindres multicolores, remplit le pare-brise. Il pila. Il était au hameau. Il comprit aussi qu'il était à demi engagé sur la Nationale, au risque de se faire emboutir. Il redémarra brutalement et s'achemina vers la petite ville qui devait bien se trouver encore quelque part en vertu des axiomes de la conception matérialiste de l'univers. Les choses existent en dehors de la pensée.

Il aurait éprouvé un sensible plaisir à manger quelque chose, des biscuits ou même, malgré l'heure matinale, du jambon, du fromage, quelque nourriture dense, roborative. Mais il était en retard et appuyait prudemment sur la pédale en cherchant du regard, le nez contre la vitre, les troncs noirs qui poussaient d'un coup, sur sa droite.

Il retrouva sans joie les nez, les nattes, les bouches et les yeux. À peine s'il manquait quelques pièces du puzzle – des gosses de la campagne qui ne répondirent pas à l'appel. Les cars de ramassage étaient encore perdus dans le brouillard.

Il saisit un nom, au hasard, et décrocha une gamine aux yeux vifs. D'un air bonasse, il lui jeta quelques formes, à charge pour elle d'en extraire les valeurs pertinentes. Elle repéra tout de suite que c'est à la réalité qu'elle avait affaire – je dormais. Oui, vous dormiez effectivement. Mais elle s'enferra sur le temps. Voyons, il n'y a pas, dans les onze années que vous avez vécues, de l'imparfait, pas plus que du plus-que-parfait ou du passé simple. Ce sont des étiquettes trompeuses. C'est du passé. C'est tout. Vous dormiez. Vous êtes éveillée, maintenant. Ce n'est plus la nuit, les rêves. Je suis là – une voix irrévérencieuse, et qui venait de lui, le coupa : tu parles. Vous aussi, et quelques autres. Vous comprenez ? Les deux nattes tressautèrent deux fois. Bon.

Il n'avait pas fini de prononcer « personne » qu'il sut qu'il avait employé la première du singulier. Mais pour l'aspect, on était de nouveau embarrassé. Il s'évertua à faire admettre que ce disant – je dormais –, il évoquait le calme écoulement du sommeil, inachevé encore, et que le cauchemar, les brigands – et il prit un air terrible – peuvent interrompre. Mais il avait mis l'affaire au passé et s'il est bien vrai que le passé, c'est terminé, alors il n'était pas concevable qu'on puisse considérer quelque chose qui est de son ressort comme inachevé. Il imaginait, dans le cerveau, entre les deux nattes, les deux catégories inextricablement enchevêtrées et se mit à chercher des exemples plus probants. La même peine se lisait sur les combinaisons labiles de bouches et d'yeux qu'il obtenait en jetant dans le tableau confus, devant lui, des noms.

Il était à peu près à son affaire. Les autres aussi, finalement. Dans vingt-quatre consciences – ceux de la campagne étaient arrivés –, le système verbal devait s'éclairer à la façon d'un bois, à l'aube, quand les troncs se dissocient de la ténèbre opaque.

La nacre et la quiétude d'hivernage se défirent au même instant. De la poudre d'or ruissela aux fenêtres, tourbillonna et parut s'envoler, laissant un bleu cru, acide, au carreau. L'été en grand manteau régnait sur ses empires. C'étaient les vers du *Songe*. *The summer still doth tend upon my state.* Il devina le lavis des saules qui se ressuyaient des dernières vapeurs, à deux cents pas. Il sut que c'en était fini du lent progrès de lumières intérieures qu'il attisait précautionneusement. Le jour avait tiré ses courtines. Les gosses le sentaient bien, qui s'ébrouaient, remuaient bras et jambes, comme rendus au mouvement, à la vie. Désemparé il cherchait un appui et ne trouvait rien que le ciel pur, immense, la fuite rieuse des prés, du côté des arbres riverains, vers la Dordogne qui courait invisible à l'océan.

Il se dépêtra tant bien que mal les deux dernières heures, parlant comme en rêve, les yeux ouverts, ramassant ici et là des mots, échafaudant des phrases qui ressemblent à celles qu'on attendait de lui, doutant de trouver encore, pour le personnage qu'il agitait maladroitement sur les planches, le crédit qu'il fallait. La sonnerie, à onze heures, le dispensa de son masque. Je n'avais plus rien dessous.

Les gamins, comme l'infanterie de jadis, reprirent pesamment leur route, bardés de musettes, cahotant sous l'encombrant fourbi. Il était rendu à lui-même. Ce qu'il peut faire beau. Surtout, et c'est par là que rien n'était plus pareil, il aurait pu en profiter. Les routes étaient libres, le monde tout proche, de l'autre côté de la vitre. Comme la veille, sitôt la classe vide, c'étaient les vacances avec le ciel splendide, les arbres en tenue de velours, les gouttes de soleil. Il aurait suffi que Catherine soit là pour que l'étourdissement qui le tenait immobile, la plume à la main, ressemble un peu au bonheur. Le blondinet le regardait respectueusement, tenant à deux mains, largement ouvert, le grand cahier. Il s'ébroua, rassembla quelques souvenirs et nota qu'il avait contrôlé oralement son monde à l'article du verbe.

Des litanies étouffées traversaient les portes refermées. Il était difficile, dans l'éblouissement tiède, de considérer que c'était la rentrée. Il n'y avait pas trace de la mélancolie urbaine, de l'oppression que c'était chaque fois entre les murs, hors de la vie. Il pensait à la vie véritable, où l'on ne lit ni n'écrit, où l'on est au contact immédiat des choses dont on parle, où parler même n'a peut-être plus beaucoup d'importance.

Dans les rues, la lumière fraîche était celle d'avril. Il consulta un Bottin dans la cabine voisine et se rendit chez Maître P. Une jeune personne qui se donnait beaucoup de sérieux avec des lunettes d'écaille lui répondit que c'était vraisemblablement son collègue, Maître E., qui détenait le dossier. Une grande maison avec des mimosas, près du pont.

Sa faim demeurait intacte après trois heures de cours, et marcher d'un pas qu'il s'efforçait de rendre enfin tranquille l'aiguisait. Il n'y avait plus à se hâter.

La maison tenait de l'hôtel particulier, derrière les arbres plumeux. C'est pourquoi, sans doute, le commis voulut-il bien se montrer serviable avec simplicité. Maître E. avait à traiter une affaire à deux heures. Mais un peu plus tard dans l'après-midi, si cela vous convenait. Je vais voir. Le hall était lambrissé de bois sombre. Mais le soleil menait si grand train dans la rue que les panneaux, accrochant des reflets, prenaient un air de fête. La porte capitonnée de cuir s'ouvrit à nouveau. Quatre heures lui convenaient très bien.

Il n'avait pas d'endroit pour lire commodément ; guère envie de lire, non plus. Il poussa jusqu'au pont avant de revenir au restaurant qu'il avait vu. L'eau limpide et basse, en aval des piles, amorçait une rapide glissade sur les galets. À ses crêtes menues s'accrochaient des globules incandescents. La rivière, malgré le matin spectral, devait être tiède. On peut aller, ici. L'eau elle-même poussait à l'aventure, aux divagations. Il devait être facile, en se laissant glisser, d'atteindre la mer.

Des disques de lumière tournaient aux façades des hautes maisons sévères, enguirlandées de lourdes ferronneries, drapées de coton blanc. Ce qui longtemps s'était fait oublier sous le vocable de réalité – les livres ouverts, lentement traversés sur le bureau pendant que la journée glisse, invisible, de part et d'autre – avait repris un déconcertant relief, des profondeurs dont l'appel irrésistible ne laissait plus de repos. La terre était neuve, incertaine, cernée d'horizons. Manger bientôt, puis revenir à la grande demeure surannée, près du pont, imprimaient seuls à sa dérive dans le soleil l'apparence d'un mouvement.

Il voudrait bien patienter une petite demiheure encore. La blanquette n'était pas tout à fait cuite. Il déclina poliment l'offre du petit apéritif. Le patron, le cheveu noir et rare, luisant, étroitement plaqué au crâne rond, regagna son étroit observatoire. Face à lui, appuyés au comptoir, ils étaient quatre à parler les uns sur les autres, leurs voix comme la vague s'enflant, déferlant avec un fracas soudain, puis refluant dans un trou de silence. On opinait d'un air pénétré. Ouais.

Ce qu'on disait, malgré le ton, ne lui paraissait pas, à l'autre qui avait sorti le livre entoilé de rouge, d'un poids indiscutable. Rien qui puisse rectifier le déséquilibre contre lequel il luttait discrètement, assis à sa table. Et puis, à la réflexion – il était question d'Untel qui avait acheté ceci, ensuite de tel autre qui en pensait cela, enfin des deux à la fois –, on voyait se dessiner dans la campagne confuse un ordre, des gestes assez bien définis, acheter, vendre, penser, surtout des replis, des haltes, par exemple ce comptoir, remparé de bouteilles, chargé d'œufs, de coupes en métal argenté, à l'abri duquel les suggestions déraisonnables du dehors perdaient leur force déracinante.

Par où compte-t-il m'atteindre, cette fois-ci ? C'est à chaque fois la même chose, la même visée dévastatrice dans l'axe de laquelle on se découvre soudain. Et finalement le même sentiment rassis, un peu vain, de la vanité, de la nullité de ses effets. Il m'ajuste et voudrait me détruire, mais il ne parvient pas à me toucher.

Il se représentait l'adolescent corpulent, l'œil globuleux, bleuâtre, à la lueur insuffisante des bougies, seul, dans l'hôpital anuité, parmi les dormeurs et les morts. Il écrit, follement, désespérément. Il cherche à enfermer le lecteur virtuel – les autres, le monde – dans un cercle de fer, l'étouffant lentement, inexorablement ; c'est la première formule, *Voyage en enfer, La femme du monde.* « On m'appelle la Mort. » Ou bien il s'avance vers lui d'un air civil, presque cordial. Quand il sera tout près, à portée de la main, il lui portera un coup brusque de cette arme au fil aigu, déchiqueté, qu'il dissimulait : c'est à cette traîtrise que ressembleraient *Un parfum à sentir, La peste à Florence, Bibliomanie.*

Deux gestes, deux agonies différentes : l'une où la victime, le lecteur sent tomber progressivement ses défenses, ses croyances, et se découvre à la fin n'être plus rien ; l'autre prompte, d'une soudaineté stupéfiante, mais qui pareillement retire à qui sans y voir malice avait ouvert ces pages l'ignorance miséricordieuse, la certitude primordiale qui l'accordaient à lui-même et à l'univers. La simple jouissance d'exister.

Il se surprit à réfléchir assez posément, séparé de la houle affaiblie qui battait le comptoir, oublieux de la rue éclaboussée de soleil. Il se tenait dans cette chambre sombre, loin au nord, autrefois. C'est là que l'autre s'était replié, à treize ans, pour se défendre. Il lui est devenu évident qu'il ne pourrait toucher aux délices de la terre qu'au mépris de lui-même ou bien ne jouir de lui-même qu'autant que la terre, les autres, par son fait, auraient cessé d'exister. Encore fallait-il, dans ce cas, provoquer cet universel désastre. C'est toute la difficulté de l'entreprise. Il ne cesse de recommencer la même opération destructrice, en modifiant à chaque coup la hausse et l'azimut. À chaque fois, c'est raté. Du moins jusqu'en 1856, avec Emma.

Pourquoi me laisse-t-il d'abord intact et qu'ensuite, à partir de cette date, je sois atteint ?

Il ne voyait pas cet écran protecteur, c'est-à-dire, pour ce qui concernait l'autre, le Normand, l'obstacle, la résistance sur lesquels le coup s'amortissait ou dérapait.

Il leva la tête.

Le patron portait sur le bras droit, en équilibre, de la betterave rouge, l'assiette de blanquette et une corbeille de pain. La main gauche tenait un petit carafon de vin, un verre et les couverts. Il remercia, mit de côté la betterave rouge qu'il n'aimait pas et attaqua vigoureusement un morceau de veau. Manger de la viande et du pain lui procura un tel plaisir qu'il en oublia un instant toute vergogne, occupé seulement à se bourrer les joues puis à sentir descendre la boule compacte. Il avait vers le genre humain, la paysannerie, les bouchers, la femme du patron, invisible dans la cuisine, un grand élan de gratitude.

Ce n'est qu'un peu réconcilié avec la nourriture et le vin qui lui chauffait la figure qu'une gêne lui vint d'être seul, dans son coin, comme un chien auquel on a donné sa gamelle. Le besoin que nous avons régulièrement de nous remplir est aussi honteux que les autres. Il maniait avec une gaucherie subite couteau et fourchette et produisait, malgré ses précautions, un volumineux tintamarre d'inox et de faïence. Il devenait ignominieux de remuer les mandibules pendant que la marée des voix commençait à descendre. Il en était parti un, puis deux. Les deux derniers restèrent à opiner doucement, sans phrases. Ouais.

Il se sentait un bloc de saloperie pure, concentrée, qui en mangeant s'augmentait et croissait. Seul, comme un méchant qu'il était sous le ciel pur, attablé devant la sauce jaunâtre qui figeait, oublié de Catherine et des hommes, il avait ce qu'il méritait. Il se sentit, pour la première fois depuis les jours longs de la vie antérieure, les larmes au bord des yeux et la gorge serrée au point de lui faire mal. Le patron, qui savait le temps qu'il faut pour mettre en lieu sûr le contenu d'une assiette, fut de nouveau près de lui qui pensait à Catherine. L'abîme béait à quelques pas. Le morceau de fromage sur la soucoupe ne le concernait pas. Non qu'il eût mangé son soûl, mais la joie drue que pouvait procurer la déglutition du triangle blanchâtre perdait tout attrait puisqu'elle ne profitait qu'à un pauvre type, un triste salopard auquel il ne pouvait, en conscience, s'associer, s'identifier.

Écrire devenait urgent. Je vais bientôt ne plus pouvoir compter jusqu'à cinq.

Il était un peu plus d'une heure. Le mur d'en face, l'air de la rue étaient taillés dans une gaze bleue. Le matin était fané. Il y avait, dans l'après-midi lumineux, une aridité à quoi un cœur sensible pressent la fin lointaine, les grandes lessives de l'automne, l'ombre recueillie de décembre.

Il s'efforça de pousser le raisonnement qu'il avait délaissé tout à l'heure pour jouer des mâchoires. Mais le vin, la viande, toute cette substance allogène qu'il s'était introduite dans le corps l'embarrassait. Quelle différence peut-il y avoir entre ce qu'il écrit avant et ce qu'il écrit après ? Parce que c'est la même visée meurtrière, le même détour, je veux dire les mêmes créatures de papier, les mêmes péripéties derrière lesquelles il s'avance armé. Par exemple, au début *Voyage en enfer*, et sur le tard la dernière version d'*Antoine*. Et celle-ci me donne le vertige. Si je la sens, la différence, c'est qu'elle est sensible, donc, je suppose, intelligible, donc réelle.

Immobile devant sa tarte aux pommes, les joues en feu – et cette sensation de chaleur était désagréable –, il s'arc-boutait sur le raisonnement, le léger assemblage de bastaings, de fragiles ligatures, jeté vers l'autre bord et dont l'extrémité aveugle tâtonnait. Rien ne venait. Il ne discernait que la pâte spongieuse, les lamelles de pommes, ocre sous la gelée transparente.

On pense d'autant mieux qu'on est moins chargé de nourriture, que le dernier repas remonte à loin. Il faudrait jeûner toujours, s'oublier comme corps, inertie, bouillie organisée. Il s'ordonna sans ménagement d'arrêter là les frais et abandonna la tarte aux pommes. Il paya au comptoir où le patron s'était retranché pour faire ses comptes et sortit dans la chaleur dure.

Il disposait de deux grosses heures, plus qu'il n'en fallait pour se mettre au travail, s'enfoncer profondément en soi-même. Le vin, sans doute, lui faisait mal à la tête. Je n'ai pas l'habitude. Je n'avais pas mangé depuis longtemps. La lumière blessante emplissait la rue comme une flamme. Il n'y avait pas de bibliothèque où se retirer, s'abriter. Il ne voulait pas entrer dans un café pour y siéger solitaire, l'œil vague, désœuvré, transparent – pour lui-même, mais pour les autres aussi – à sa vérité : un tas menu de saloperie dont personne ne voulait et qui, de lui-même, s'était poussé là, dans le seul recoin où les trucs de son espèce pouvaient encore être stockés une heure ou deux, sans trop gêner personne.

S'attarder à la porte du restaurant devenait équivoque. J'ai l'air d'un type à histoires qui prépare son coup. La chaleur aggravait le bourdonnement douloureux à ses tempes. Il refit le chemin qui l'avait conduit devant sa gamelle et passa le pont. L'eau était jaune. La réverbération du soleil meurtrissait les yeux. Au-delà, les maisons s'espaçaient, petites, à un étage, l'air rechigné. Une route étroite se greffait sur la Nationale et semblait fuir vers les hauteurs boisées, en surplomb de la rivière. Il s'y engagea. Des noyers la bordaient. Leur ombre fraîche faisait du bien.

Il avait à peu près arrêté le plan de la lettre qu'il écrirait à Catherine. D'abord, ce que je suis, sans fard : le fond, la vase. Je n'ai pas choisi. C'est ce qu'il y avait. J'ai essayé de faire, c'est-à-dire de ne pas faire avec. Être précis, ne rien dissimuler. Ensuite, ma potentielle vertu. Si un cœur pur veut bien ne pas écarter sans procès la créature misérable que je serais si j'étais parfaitement seul – que je suis, donc –, le courage me vient de me conformer à l'idée qui m'est accordée, quoi qu'il en coûte. Mon courage croîtra à proportion de la hauteur que je serai tenu d'atteindre. Là, je peux rappeler sans emphase ni vergogne, qui serait de l'emphase, que j'ai été grâce à elle, puisqu'elle avait bien voulu m'épouser, meilleur que moi-même. Enfin, il m'a semblé.

J'insiste ensuite sur le rôle, l'action corrosive de l'habitude. On croit faire le même violent effort pour rester chaque jour à la hauteur. Mais en vérité, on lâche prise ; à peine, pas de façon que cela soit visible même pour soi. Et ces retraits imperceptibles s'ajoutant, dix années suffisent pour qu'un matin on se réveille, reposé, tranquille, souriant, l'être immonde qu'on croyait avoir chassé. Telle est ma faute. Je me suis endormi dans cette image qu'on se faisait de moi, que j'avais remplie, honorée, d'abord. Je glissais quand je croyais rester auprès de Catherine. J'étais tout occupé de moi-même, de mes pensées – ce mot de « pensées » le faisait souffler par les narines. Je ne soupçonnais pas que loin, déjà, du personnage décent qu'elle m'avait donné, j'avais retrouvé la boue, les monstres. Je n'ai pas besoin d'en parler, de ceux-là.

Je résume. Le courage m'a manqué. Surtout, je ne me rendais pas compte, je ne voyais pas le triste sire que j'incarnais. Qu'elle me pardonne.

Troisième partie : je déclare, sans excessive solennité, que j'ai pris la résolution de regagner le rang qui m'était concédé. Je serai vigilant. J'aurai la volonté de me montrer digne, non pas un mois, un an, mais jusqu'au bout. Pas plus. Je ne souligne pas, ici ou là, un mot – résolution, volonté, jusqu'au bout.

Il ne voulait pas trop examiner si certaines tournures étaient propres plus que d'autres à fléchir leur lointain destinataire, à obtenir la reconnaissance anticipée qui prolongerait alors indéfiniment le chemin. Dès qu'il venait à se préoccuper de ces questions de forme, c'est l'authenticité même du sentiment qui lui semblait pâlir. Or, elle était le point important, la seule garantie qu'il eût de demeurer ultérieurement égal à lui-même, à l'image que peut-être on lui renverrait.

Ou bien je convaincs. Mais ça ne voulait presque rien dire. On le sent, c'est tout. On quitte la boue, l'échouage. On se supporte soi-même. On s'oublie.

Ou bien je ne convaincs pas.

Et il s'arrêta à l'ombre d'un noyer. Dans la lumière compacte qui absorbait les champs voisins, les arbres, les hauteurs, lui-même, minuscule dans le paysage, il y avait une noirceur qui n'était pas pure imagination. Il s'en était fait d'abord la remarque et, le sourcil froncé, l'œil à demi fermé, il s'appliquait à discerner la gaze noire, impalpable, qu'on avait posée à cet instant ou peu avant sur l'azur, tandis qu'il rédigeait. Il décida que c'était l'excessive luminosité du ciel qui produisait cette impression sinistre d'une insidieuse ténèbre, qui jetait sur les maïs desséchés, sur les crêtes boisées, un insaisissable maléfice. Mais il ne pouvait s'empêcher d'attribuer aussi à l'évocation du deuxième terme de l'alternative – qu'il avait proféré à mi-voix – le soudain obscurcissement.

Il s'empoigna d'une main solide. Le courage, ce n'est pas pour demain. C'est maintenant. Il commence ici.

Il parcourut d'un œil sombre les maïs qui craquaient malgré l'air calme, les arbres au bord de l'étroite route, l'éclat vénéneux du soleil, et répéta à haute voix : ou bien je ne convaincs pas.

Il se remit en marche, à pas lents.

Je suis si profondément vautré dans la vase, si aventuré au large qu'il y a peu d'espoir que je regagne jamais la berge. Je ne me rends pas bien compte. Il faut, pour que je sache, qu'un cœur droit, qu'une âme forte et douce me le dise, me fasse exactement connaître le degré de déchéance auquel je suis parvenu.

Donc, je ne convaincs pas. Je n'en ai rien dit. J'écris seulement pour demander grâce. Je m'interdis de signaler, comme ça, en passant, que j'ai envisagé qu'elle pourrait m'être refusée, ce qui est un moyen parmi d'autres, mais déloyal, d'augmenter mes chances de l'obtenir. Non, pas un mot.

Rien ne vient. Les jours passent. Poursuivre le raisonnement lui devenait si pénible qu'il se prit d'un intérêt soudain pour ses aspects techniques, subsidiaires.

Où écrire ? Comment faire pour que ce bout de papier dont tout dépend – enfin, ce que je m'imagine être tout, ce mètre quatre-vingts avec une ombre, qui erre dans la campagne et dont je fais si grand cas –, comment le faire parvenir entre ses mains ? Presque autant que l'improbabilité d'une réponse, les hasards que la question devrait courir le préoccupaient, et l'incidence qu'ils pourraient avoir sur la réponse. Un retard pouvait passer pour un refus. Je vais faire dépendre mon repos non pas seulement de l'explication loyale de l'erreur que j'ai commise presque à mon insu, mais encore de la chance que se croisent à temps ce bout de papier et Catherine. Elle risque d'être occupée ailleurs qu'au laboratoire, en mission quelque part, pour quelques jours. J'ai peur de ne plus me supporter bien longtemps.

Le souffle court, grimaçant dans la lumière, il revint au centre du raisonnement.

Rien ne vient. Je me suis accordé trois jours. J'en ajoute un quatrième pour le cas où elle se serait absentée du labo. J'ai demandé, en spécifiant qu'une importante raison m'y obligeait, que la réponse me parvienne avant tel jour, si réponse il y avait. Ce sera donc samedi.

Il leva la tête. La lumière gardait son éclat maléfique. Mais d'y penser sur ces terrasses fertiles, tout près de la Dordogne, sous le dôme immense d'air, était moins terrifiant. J'applique la crosse à la jointure de la plinthe et du parquet, le canon contre la poitrine ou dans la bouche. J'appuie sur la détente avec un bâton. Je ne dois surtout pas m'agenouiller comme j'ai fait. Je pourrais avoir un ou plusieurs réveils désagréables encore. La boîte crânienne doit être perforée, défoncée.

Il passa une langue timide contre son palais. Peut-être qu'avant de me faire sauter la cervelle – et il nota au passage l'exactitude de l'expression –, il me faudrait écrire un court billet à la gendarmerie. Ce n'est pas le plus long. D'inéluctables raisons m'obligent à un départ prématuré. C'est en pleine possession de mes moyens et en parfaite connaissance de cause que je m'y résous. Fait à, le. Je signe.

La tête vide, comme si le fragile organe qu'elle protégeait de sa paroi robuste avait déjà été pulvérisé par l'irruption subite de l'ogive de plomb gainée de maillechort, il piétinait sur l'étroit ruban d'asphalte surchauffé. Les croupes abruptes, crêpelées de vert jusqu'à leur sommet, toujours hors d'atteinte, semblaient le fuir. Une fatigue qu'il voulait ignorer alourdissait son pas. Il n'était plus très loin de trois heures. Il aurait donné beaucoup pour s'épargner l'entretien qu'il avait demandé, mais il n'aurait guère été plus agréable de regagner le promontoire pour y retrouver le Mauser dans l'odeur épaisse de moisi.

C'est ce vin. Il s'adossa à un noyer, le souffle court. La chaleur n'augmentait plus, mais ne diminuait pas non plus. Le silence surtout le frappait. Les bêtes sentent avant nous l'approche de la fin. Elles se retirent tandis que nous nous exaltons encore mal à propos. Il était presque dans l'ordre des choses, quoiqu'il eût décrété qu'il ne durerait guère, celui-ci, qu'il s'appuie à un arbre au bord d'un chemin par un éclatant après-midi d'arrière-saison, loin des livres et des hommes, quelque part entre la Dordogne invisible et les hauteurs inaccessibles. Mais la lassitude émoussait le contact dur de l'air brûlant, de la solitude qui se referme dès qu'on s'écarte des petites villes.

Il se prit à rêver d'une halte indéfiniment prolongée sous cet arbre, debout d'abord, puis rapidement assis, enfin couché sur la terre sèche, craquelée, oublieux des sollicitations de son estomac, du spectacle haut en couleur que ne manquerait pas de lui donner, en léger retrait des yeux, sa cervelle affolée, prise au piège. Au début, il y aurait des visions grandioses, à peine supportables, une insurrection générale contre ma résolution de finir ici. Là ou ailleurs. Ce remue-ménage, ces réclamations véhémentes ne dureraient sans doute pas. Le moment difficile, où on lutte contre soi-même de toutes ses forces, serait vite passé. On prend avec la vie quiète, abritée, qu'on mène, une organisation délicate que désagrège vite une fréquentation un peu poussée des éléments. En quelques jours, une semaine peut-être, il ne devrait plus rester grand-chose – une lueur trouble, verdâtre, intermittente, séparée par des intervalles de plus en plus longs d'obscurité, de complète submersion.

Naturellement, il passera bien quelqu'un pour se renseigner. Tout le temps que j'y verrai suffisamment, je pourrai bien construire une phrase à peu près intelligible pour prier le type de me foutre la paix. Après tout, la banquette est un terrain communal. J'ai assez d'argent sur moi. Personne ne peut légalement, ni de vive force, m'empêcher de rester assis là, ou couché, aussi longtemps qu'il me plaît. C'est lorsque j'aurai commencé à passer sous la surface, lorsque je ne pourrai plus rabrouer les gêneurs qu'on risque de se saisir de moi, de mon corps. Oui, au moment où je me serai soustrait à moi-même, je peux être repris par ce dont j'entends me séparer, puisque d'une certaine façon, je le suis déjà.

À sa montre, il était trois heures. Les yeux lui piquaient. Dormir à l'ombre, sans plus se soucier de rien, le lourd fardeau basculé dans le champ de maïs, aurait été délicieux. Il fut tenté de fermer les yeux, pour voir, le dos à l'arbre. Contre l'écran rougeâtre de ses paupières, la lumière posait des lunes mauves, dérivantes. Il soupira. Il n'atteindrait jamais les hauteurs. Les tiges sèches craquaient sans discontinuer. Escorté de son ombre déjà longue, il se remit en marche vers la ville dont les toits étincelaient, à l'est, sous l'azur foncé.

À la fin, il dut élever un peu la voix, pousser la mécanique usée qui progressait comme par saccades, d'un pas raide, vers le pont. La Dordogne avait le bleu qu'on voit sur les photos à la mer des tropiques. Il y avait des barques amarrées aux jardins semblables à des corbeilles, pleins de fruits et de fleurs. Partir au fil du courant n'aurait pas été non plus sans un mélancolique attrait. Au lieu de me ratatiner peu à peu dans le fossé, au vu et au su de tous, je m'effacerais tout en voguant. Ce qui m'effraie le plus me serait épargné : de pouvoir mesurer les degrés de ma propre dissolution au sein de la nature, d'ouvrir malgré moi, par intervalles, les yeux et de découvrir encore le même paysage, les maïs, les noyers, les crêtes au loin, dans un crépuscule qui s'épaissit à chaque fois. Un peu comme l'ampoule allumée à travers une brume sanglante si je m'étais trompé, hier soir, dans mes calculs. Ce serait un paysage toujours renouvelé, des villes et des ponts, des files d'arbres, les vignobles à la fin, et l'Océan.

On l'attendait. Il se mit un peu d'aménité sur la figure, tout ce qu'il pouvait. Mais il faut plus d'énergie qu'on ne l'imagine habituellement pour se tirer les joues, s'allumer la prunelle. Le hall n'était plus que sévérité. Le clerc lui ouvrit la première porte capitonnée. Elle donnait dans une longue pièce dont les murs étaient recouverts, jusqu'à hauteur du plafond, de cartonnages clairs, certains presque beiges, d'autres d'un blanc neuf. Les affaires récentes, sans doute. Deux bureaux en bois foncé, surchargés de documents, de machines à calculer modernes, se faisaient face. Un tapis fané matérialisait la travée centrale au bout de laquelle une autre porte capitonnée trouait le revêtement de cartons. Le clerc, avec une souplesse qui dénotait une longue pratique, le dépassa, s'interposa d'une façon qui excluait qu'on s'en puisse formaliser et frappa deux coups discrets. Aucun bruit ne sortit de la porte, mais il l'avait ouverte toute grande, d'un geste preste.

À l'abri d'un immense bureau Louis XVI d'un noir mat sur lequel il n'y avait qu'une seule chemise, jaunie, Maître E., l'œil fixe, le regardait venir.

Il embrassa d'un seul regard le mobilier cossu – le bureau d'époque, comme les bergères, les bibliothèques remplies de dos de cuir, certains fort beaux et visiblement fort anciens. Du droit, ou de l'histoire régionale. Il faudrait voir. Il n'y a guère que là-dedans qu'il puisse faire à peu près front. La masse épaisse, presque informe dans le complet gris, eut un soulèvement. Il en sortit une main étrangement petite, blême, ornée d'une lourde chevalière, qu'il serra. C'était mou, presque inerte. Ça ne voulait rien dire, et c'est cela que ça disait. En se retirant, l'extrémité molle s'attarda dans la direction d'une bergère. Il s'assit. La voix, comme la main, comme le visage à peine esquissé dans une sorte de pâte, était exsangue, presque détimbrée.

Lui aussi, finalement. Il peut, là-dedans, ne pas se rendre compte. Comme moi. D'autant que ça parle, quand même, du monde réel, de l'étendue, de la durée – il pensait aux chemises jaunissantes, et un peu aux reliures précieuses. Il exposa rapidement l'affaire. Il arrivait. Son oncle lui avait laissé une maison, à X. Il ne savait pas où se trouvaient les actes de propriété. Il avait supposé. C'est la raison pour laquelle il était là.

La pâte, un instant relevée par le mouvement du regard qui avait guidé sa marche vers le bureau avant de l'escorter jusqu'à la bergère, s'était comme effondrée. Comme lorsque Catherine faisait un gâteau, et ce fut un tendre et pénétrant élancement. Il y avait aussi une rosette. Pourquoi pas.

La voix pâle rappela succinctement, en termes congrus, techniques, les modalités de l'acte de succession. L'oncle avait acquitté les frais – importants, monsieur, pour une opération de cette nature. Il se souvenait, dans sa bergère, de l'épaisse enveloppe en recommandé, et des feuillets qu'il avait contresignés autant qu'il y en avait.

— Vous passiez alors, monsieur, je crois, un examen. Votre oncle était déjà très fatigué. Sur ses instances, et l'affaire me semblant d'une parfaite clarté, j'avais consenti à vous transmettre à Paris les pièces à viser.

Le silence se creusait dans le bureau à haut plafond. La lumière jaunissait à la fenêtre qui devait donner sur la rivière.

Il ne comprenait pas trop bien. Il était fatigué. L'idée de s'endormir dans la bergère, après l'ombre de l'arbre et la barque volée, était assez saugrenue pour qu'il dût réprimer un sourire. Le regard qui filtrait sous les paupières lourdes l'atteignait sans en être, en retour, affecté. On peut toujours deviner un peu, dans un regard, le contrecoup de l'objet qu'il rencontre, se faire une idée de l'idée que l'autre se fait de vous. Tandis que les pastilles sombres, presque noires dans le bloc cireux, n'émettaient aucune lueur. Ça tient peut-être à ce visage informe, éboulé.

Il se demanda si l'espèce de creux qui grandissait depuis qu'il avait été question de pièces à viser ne lui était pas destiné. Il eut un froncement perplexe des sourcils. Oui, on attendait avec une patience qui semblait illimitée, avec une politesse irréprochable, qu'il se décide à formuler exactement la nature de sa requête. Ce qu'il fit, mais passablement désarçonné par ces usages muets, pétrifiés. Il admit en secret qu'avec ce qui lui était échu en partage, à l'autre – cette vieillesse, ces chairs déliquescentes –, il s'en tirait magnifiquement. Mieux que moi.

Je voulais simplement me faire une idée du périmètre de la propriété.

Le bloc de cire émit à nouveau son timbre mat, décoloré.

C'est aux services du cadastre qu'il aurait fallu vous adresser, monsieur. Le silence allait encore s'élargir. Il était las de ce cérémonial où un même signe, le silence en l'occurrence, prend toutes sortes de significations. Une somnolence le gagnait, le soulevait doucement et il n'avait plus envie de sourire. Il allait partir. Il avait ramené ses jambes que le siège, très bas, l'obligeait à étendre tandis que le fauteuil où l'autre, en face, logeait sa substance, était haut sur pied. Il a dû y penser. Des calculs, et passionnés, délibérés, des artifices sont nécessaires pour parvenir à cette vie distante. N'empêche qu'il soutient admirablement les apparences. Il n'avait pas pris appui sur les bras de la bergère que la voix reprit. J'ai là toutefois des documents qui vous éclaireront. Votre oncle avait tenu à ce qu'ils soient incorporés au dossier. Par exemple, le plan de masse. La main de poupée tenait un croquis dont les grandes lignes se devinaient par transparence. À la maison se rattachaient le verger – le grand rectangle, à l'est –, mais aussi ce qui doit être un pré – un trapèze qui pouvait avoir la moitié de la surface du verger, au nord. Il y avait, de ce côté-là, un talus couronné d'acacias, qu'il n'avait pas gravi. De l'autre côté de la route, cette parcelle – encore un rectangle –, d'environ mille mètres carrés. Là, il voyait : une friche d'où sortaient quelques fruitiers incultes. La voix concluait : une jolie propriété, avec le verger.

Il se souvint de la remarque de Robert C.

— Que peuvent valoir les noyers ?

Peut-être parce qu'elle faisait apparaître la valeur d'échange de ces utilités qui sombraient le soir dans le bleu, la question ébaucha un visage dans la pâte. Les sourcils, à peine marqués, relevèrent le dévalement du front. Le menton, en se soulevant, se dessina légèrement. Mais le regard restait inchangé.

— Je ne peux pas vous donner de chiffres. C'est un bois d'ébénisterie. Il y a plusieurs qualités. Vous devriez les faire estimer par un scieur.

Avant que le silence ne remplisse à nouveau le bloc de lumière dorée dans lequel il lui semblait qu'ils étaient enchâssés tous les deux, tels des insectes dans l'ambre, il demanda encore, presque à contrecœur, s'il arrivait qu'on en tire du bois de chauffage. Il y eut quand même dans la réponse une inflexion qui paraissait contenir de la réprobation. Voyons, monsieur ! À moins qu'il ne soit gâté. Mais il se souvenait du disque de bois brun, compact, dans sa collerette d'écorce et dans l'interstice, *Carabus hispanus,* porté instantanément, comme simultanément, à l'existence et à l'incandescence.

Ce qu'il venait d'apprendre le gênait, compliquait ses rapports avec les hommes.

Il s'extirpa de la bergère, certifia au complet gris qu'il avait contracté à son endroit une obligation infinie, serra la main de poupée et se retrouva dans la rue. Des enfants remontaient la grand-rue. Ce n'est pas les miens. Il acheta des timbres, des enveloppes et des cigarettes et regagna sa voiture. Il en sortit une haleine de four. Il aéra et attendit un instant, dans un état mêlé de contrariété, d'angoisse et de fatigue. Puis il s'installa au volant. Sur ce lutrin improvisé, il composa deux lettres au format 21 × 29,7. L'une pour Catherine, qu'il rédigea sans rien changer au plan ni aux termes dans lesquels il l'avait d'abord conçue. L'autre pour le brigadier de l'unité locale de gendarmerie. Il arpenta encore la grand-rue. La poste n'était pas à cent mètres.

Il eut une ultime hésitation avant de lâcher l'enveloppe. Il se procura un pain, du jambon, du café, des pommes et un flacon d'éther et, dans le soir tiède, doré, il s'en retourna.

Il me reste quatre jours. Cette pensée se détachait avec une netteté troublante sur la route. Il ne se l'était jamais formulée en ces termes. C'est dans la confusion qu'il l'avait effleurée. À quatre jours de distance, on ne se rend pas très bien compte. Ce sont les dernières minutes les plus abruptes. Pour l'heure, c'était une côte assez peu prononcée, nue, sans accidents ni couverts, au bout de laquelle se détachait un fort escarpement.

Cette absence de passion. Est-ce qu'il s'est glissé là-dedans sans se demander jamais si l'air y était respirable, s'il y trouverait un appui suffisant – il voyait le bloc cireux au milieu du mobilier ancien, des chemises de carton, des lambris. À moins qu'on puisse être au monde et ne jamais rencontrer sur son chemin la question de son habitabilité, ni donc du temps qu'il est possible d'y passer. Il y avait quand même ce haut fauteuil, la fenêtre sur la Dordogne. Il ne sait peut-être pas seulement que c'est une rivière. Il est quand même très fort.

Manier précipitamment le volant pour rester sur la chaussée qui sinuait le long des versants accores devenait pénible. Mais il n'avait pas envie de ralentir, et cette paresse ne se discutait pas. Le bas-côté était une étoffe fine, striée longitudinalement avec, parfois, le mince accroc d'une anfractuosité.

Le soleil avait déjà quitté le promontoire. Toute la lumière s'était réfugiée dans le ciel.

Il n'avait pas faim, ni véritablement aucun désir. Il posa son cartable et la lettre au brigadier sur la table de la salle à manger. Le carabe, dans son verre, jetait une lueur sourde, précieuse. Je ne le tuerai que si je dois vivre. Il posa son pantalon et sa chemise, ramena sur lui la courtepointe et s'endormit aussitôt dans l'air gris-bleu.

IV

Lorsqu'il ouvrit les yeux, il était presque de plain-pied avec le clair matin. Il n'y avait jamais qu'un lit de cuivre et un meuble d'encoignure et, dehors, une étonnante gloire. Seul manquait le concert des oiseaux. Hors ce creux vers lequel l'oreille, inquiète, se penchait, le trait de feu, au volet, aurait pu être signé d'un jour naissant de juin.

Il fit passer le café mais chercha ensuite du sucre, en poudre, dont il lui fallut déchirer l'emballage et concasser le bloc résistant. Il pensait à Catherine et c'était comme au temps de la vie antérieure, juste avant qu'il ne s'enhardisse, malgré les monstres, la peur, la crainte du sacrilège, à lui dire simplement ceci : qu'il ne concevait pas de durer, sinon près d'elle.

J'ai souffert de ce qu'elle n'était pas là à en avoir le souffle coupé. C'était comme vivre loin du soleil, dans la vase, la nuit. J'ai cru, ensuite, quand elle est venue, ne jamais rentrer dans mon état normal. Je n'avais pas duré assez, pas le recul, l'amer savoir qui vient avec le temps. On ne sait pas, à cet âge. C'est mieux.

Le soleil se pavanait dans la salle à manger. Il devait plus particulièrement en cuire au carabe – mon frère de lumière – qui s'agitait fiévreusement dans son verre : émeraude, rubis, émeraude à nouveau, puis, quand l'autre eut interposé un livre entre le verre et l'astre, rubis. Ou plutôt, dans le carré de pénombre, gros grenat ovalaire, immobile, assagi.

Il est lumière comme je suis saloperie. Il ne sait pas et moi je sais. Mais nous vivions tous les deux dans un mince repli et nous ne survivons pas aux espaces ouverts. Il se pria sans cérémonie d'arrêter les âneries, retira de son cartable le volume entoilé et alla s'asseoir contre le tilleul. Il faisait bon, déjà. Le raisonnement était toujours en porte à faux sur le vide. Il avait tenu toute la nuit. L'autre bord restait confus, à une distance qu'il était difficile d'apprécier.

Il lut d'une traite *Quidquid volueris*, *Rage et impuissance* et *La dernière heure*, de nouveau séparé de la terre et de l'air par la pellicule transparente qu'il sécrétait en parcourant les pages. L'étroite sphère où s'agitaient un instant les apparences d'humanité échafaudées par l'autre, à peine adolescent, flottait dans l'air tiède. Une lumière qui n'était pas seulement celle du matin les touchait, les traversait, révélant sous le placage mince et le papier hâtivement colorié la mécanique délicate, les fils cachés qui aboutissaient à la pointe dentelée, barbare. Elle jaillirait au dernier moment, visant le cœur.

Donc, il m'assaille – enfin, le lecteur – de trois côtés. Il me tend un visage en quoi je crois me reconnaître et le dénature, pour peu que je le suive, de telle sorte que s'en révèle l'abjection, que j'ignorais. Je dois me renier moi-même, n'être plus rien. Ou si je persiste à demeurer tel, admettre que je suis un salaud, un imposteur.

Il se fit, à mi-voix, la remarque que ça ne le gênait plus guère, à présent.

Ou bien, à ce que je suis, à ce que j'ai et fais et dont je me suffis – c'est effectivement peu de chose –, il oppose ce que je n'ai pas, les prestiges des fables, d'autrefois, d'ailleurs, l'éclat des rêves, du grand tout qui éclipsent et ternissent ce peu de réalité dont je me contentais. Je me trouve pareillement dessaisi de moi-même, nul, anéanti et contraint de le reconnaître, lui, Flaubert, comme l'auteur de cette aliénation violente qui m'a ravi à moi-même et au monde.

Ou encore – il feuilleta rapidement *La danse des morts* – il me tarabuste de la double façon. Il m'oblige d'abord à me défaire de ma pauvre finitude pour me laisser en proie aux prodiges immatériels, aux vertiges qu'il évoque et qui l'ont balayée. Mais quand je voudrais, à défaut de tout, m'étourdir au moins des visions qu'il bâtit, rêver les yeux ouverts ce qui me reste à vivre, la dernière surgit, la mort, qui les emporte toutes et consomme mon ultime dénuement.

Pourtant, dans ces années, ça n'agit pas.

Il parcourut à rebours le gros livre, 1837, 36… Là. C'était en bas de la page. « Maintenant, me reconnais-tu ? J'ai une tête de squelette, des mains de fer et dans ces mains une faulx. On m'appelle la mort. »

Il leva les yeux. Les noyers veillaient dans le silence. Il tirait de toutes ses forces ou bien pesait ; il ne savait trop. Ce fut comme un choc léger ; l'autre bord qu'il venait d'atteindre.

Il posa le livre dans l'herbe rase de la terrasse. Il n'éprouvait pas de hâte. Il suffit d'avoir rejoint, touché ce vers quoi on marchait, de le savoir à portée de la main. On n'a même pas besoin de regarder. Il pensait à Catherine.

Il se leva. Il avait des picotements dans les fesses. Il se sentait délié. Il franchit le grillage et descendit parmi les arbres. La rosée s'était déjà évaporée. Il se pencha sur une souche et la décortiqua. Il n'y avait rien. Quelques pas plus bas, il explora une autre souche pareillement déserte. Il descendit encore, en droite ligne. À cinq pas, il croisa un arbre, et de nouveau à cinq, comme un trou, un nid, dans l'herbe, un disque de bois. Il dénombra les noyers, autour. Ça fait un sur neuf. Il se pencha, fit sauter des morceaux d'écorce sans rien dénicher qu'une colonie de cloportes en armures gris fer. Ce n'est pas la peine. Les signes manquaient.

Il marcha jusqu'à l'extrémité du verger d'où il revint sur sa trace, dénombrant troncs et souches

– vingt-deux. Il fit un quart de tour et s'enfonça dans l'abrupt vallon – dix-sept. Dix-sept par dix, cent soixante-dix. Je double : trois cent quarante. Reste deux par dix-sept : trente-quatre. Et trois cent quarante : trois cent soixante-quatorze. Un sur neuf, ça fait une quarantaine.

Tout en bas, de l'autre côté du fourré, on devinait un sentier sablonneux. La maison, sur la hauteur, était invisible. Le ravin, plein de feuilles, invitait au voyage. Ça mène sans doute à la Dordogne.

Ce n'est pas une traque concertée qui livre la proie. Elle en prépare seulement la rencontre. Il faut avoir douté que les livres, les images représentent bien quelque chose de substantiel. L'espérance s'est usée, transfigurée. On baigne en pleine magie. Alors il suffit d'un geste distrait, machinal, et la porte s'ouvre. Il s'était assis sur une souche, mais il se garda de l'écailler. Il savait d'une science obscure qu'elle était inhabitée.

L'autre aussi a cherché en aveugle. Chaque récit qu'il trame, qu'il arme, devait être le dernier. Tous ses écrits sont autant d'ultimatums. Si je tourne la page et qu'un autre commence, c'est que celui que je lis est inopérant et me laissera intact – ce que du reste je savais déjà pour n'en être aucunement affecté. Tout est en place depuis le début. Les trois angles sous lesquels il pourrait me frapper, me détruire, sont calculés. Même pas calculés, pressentis, trouvés d'instinct, d'emblée. À la fin, enfin à partir de 1856, c'est toujours en me défigurant ou bien en balayant de ses prodiges les brindilles, les bouts d'écorce dont je m'entourais sous l'appellation de réalité, qu'il me défait ou me laisse ébloui, désemparé. La seule différence est que d'abord je résistais sans même avoir à faire d'effort tandis qu'après, je le sens bien, le décor vacille. On ne tient pas face à ce qui l'ébranle, le met partout en pièces et va faire irruption.

Il gravit la pente herbue en suivant une ligne de coupe – une souche, un arbre, une souche... Ils ont drôlement éclairci. Il n'y avait presque pas de boules vertes, dans le feuillage clairsemé. C'est vrai. À mi-pente, le soleil pesait déjà lourdement. Il se défit de son pull.

Le livre ouvert, sur sa plaque de schiste, faisait une éclatante tache dans l'herbe. Un vague sourire lui monta aux lèvres. Il aurait aimé ça : ce papier, ce fragile support qu'un peu de vent déchirerait, que le soleil et la pluie effaceraient vite, mêleraient à la terre, ces quelques mots posés contre la masse énorme du globe, tournés vers le ciel et rappelant, à qui sait entendre, l'inhumaine indifférence de tout cela, l'idée fausse, petite, qu'il faut à toute force s'en faire pour s'en accommoder.

Il se demanda si le notaire y avait mis parfois le nez, s'il y serait sensible. Si remparé derrière ses lambris, ses chemises de carton, ses soixante-cinq années de vie (par là), son bureau d'époque, il était encore accessible à la pointe vulnérante à laquelle quiconque se mettait en posture de lecteur était exposé. Les chemises surtout formaient un épais rembourrage. Connaître les agissements des autres, ceux qui comptent, croit-on, posséder, s'accroître ou décliner, être, doit puissamment renforcer l'estime de soi. Avec le temps, elle devient imprenable, infrangible.

N'empêche que c'est des types comme lui, pesants, inamovibles, cuirassés de certitudes, qui l'ont traîné devant le tribunal correctionnel de Paris, en 57, avec Emma. Ils accusaient le coup. Ce qu'il voulait. Il imaginait des sangliers. L'animal étonné, grognant de douleur quand le sous-bois s'illumine et que le trait de feu, dédaigneux de l'épaisse toison, s'enfonce en lui profondément, atroce, inconcevable. Ou bien des carabes dont les élytres cèdent sous l'épingle de 4. Mais je les ai déjà éthérisés. Ils ne savent pas. Ils ne sentent plus.

Bien qu'il sût pertinemment que c'est à peine si dans le meilleur des cas la question l'avait croisée, rejointe, il fit le détour par le portail et chercha, dans la boîte de tôle pleine de menus débris végétaux, la réponse de Catherine.

Je me demande ce qui l'a poussée à s'encombrer de moi. Elle avait en elle sa raison, la lumière sur laquelle on se guide.

Le mercredi s'étirait, vacant. Il rongea une pomme, désœuvré, au pied du tilleul, sans toucher au rectangle lumineux dans l'herbe. Puis, mis en appétit, il revint dans la maison peuplée de lueurs rouges et blanches où il voyait mal, mit du jambon dans du pain, rafla une seconde pomme et regagna son poste. Je deviens un parfait arboricole. J'évolue à rebours. À un moment donné, on doit être délivré de la pensée et du langage. On est machine, insecte. Il jura. Il avait soif et se releva pour tirer un verre d'eau ferrugineuse au robinet.

C'est limpide. S'il ne parvient pas à m'atteindre avant 56, c'est qu'il oppose toujours quelque chose ou quelqu'un à ce peu de chose au prix de quoi je suis quelqu'un. Il veut me convaincre que j'en use si platement avec les pays, les femmes, que la façon singulière, unique, que Byron avait de s'en servir doit me dégoûter de m'y frotter encore. Il n'y arrive pas. Je garde ma réserve. Je demeure moi-même.

Pire : lorsqu'il découvre, avec *La femme du monde*, que c'est comme la mort, le maître absolu, qu'il doit surgir devant moi qui vacille, il ne prend pas garde qu'il n'est au pouvoir de personne, d'aucun être humain, fini, de l'incarner. Qu'il fallait surtout éviter de dire « je », de se prétendre celui que par conséquent je ne peux reconnaître pour tel.

Pour me défaire de tout, me montrer le monde sous ce jour blême, terrible, où rien ne vaut plus, il faut que tout le premier il ait lui-même dépouillé toute espèce de réalité, résilié tous les attachements, abdiqué toute identité. Cette voix blanche, inhumaine, d'après 1856, qui ternit tout ce qu'elle dit, et qui me concerne puisqu'elle parle de la vie, des lectures, de l'amour, de l'histoire, de Paris, de la chasse, aussi, elle vient d'un qui en a fait son deuil, qui est mort au monde et qui en parle comme la mort. C'est contre ça que les bourgeois se sont insurgés, cette démoralisation immense et qui n'a pas de nom.

Ce qui diffère, dans les livres tardifs, c'est qu'il n'y a plus rien hors la description de ce qui est. Car on se mêle toujours de ce qui nous entoure, la terre, le ciel. On ne peut faire qu'on n'ajoute à la pure et simple mention de son existence les raisons qui nous la font juger importante ou non, bonne, mauvaise, sérieuse ou dérisoire, et qui font du même coup notre importance et nos tourments. Voilà. À ce qui est, purement et simplement, on imagine une couleur, une valeur qui par contagion nous affectent, nous distraient de nous-mêmes, de notre vérité de néant. C'est la règle. Même Maître Machin, avec sa voix, son regard opaque – il avait été plus impressionné qu'il ne voulait se l'avouer – doit bien admettre que de transcrire solennellement avant de les mettre sous carton les agissements qui nous attribuent un instant un petit morceau de la planète constitue une suffisante raison. Il n'en parlerait pas de si loin, avec si peu de passion, s'il n'avait pas juste derrière les yeux ou du côté de l'épigastre, sous son gilet, l'indiscutable conviction qu'il est au monde et que cela importe.

Tandis que l'autre, le moustachu, s'y trouvait en porte à faux d'entrée de jeu. Il a atteint, d'échec en recul, la racine de tout : qu'il n'est rien de plus indifférent au monde que notre présence au monde. Il a trouvé, dans les années 50, le ton juste, le seul, le vrai. Le peu de passion n'est pas chez lui le signe de la plus sûre passion, mais la voix sans timbre de qui n'est plus parmi nous. Il se survit à lui-même. Il ne vit que de l'atroce satisfaction de nous arracher vivants à la vie parce qu'on le reconnaît, en retour, à l'égal de l'image qu'il portait en lui, de la mort.

Il faisait chaud, même à l'ombre du tilleul. Il revint à la cuisine boire de l'eau à goût de fer, tint un instant compagnie au carabe immobile, assommé d'aridité et de lumière, puis il s'installa au volant et dévala les pentes, vers le hameau.

Il était réconfortant de s'introduire dans une société, si sommaire fût-elle. Un sigle discret distinguait la poste des quelques grosses maisons carrées massées de part et d'autre de la Nationale. Dans un cadre grillagé, un facteur au sourire éclatant vous engageait à souscrire.

La lourde porte ouvrait dans une étroite antichambre, laquelle menait au bureau proprement dit. Il entra dans un parfum subtil de paperasse et d'encre, de poussière, de quiétude campagnarde, qu'il trouva rassurant. C'est avec ces lenteurs bonhommes qu'on acheminerait le plus sûrement sa requête. Il s'amusa presque de la sérénité un peu somnolente avec laquelle le gars en chemise bleue triait les enveloppes qui emportaient, enfin parfois, l'ultime espérance qu'on avait de rester sur terre. Derrière le comptoir en bois verni, on aurait dit un instituteur d'autrefois, en moins sévère quand même.

Il avait une question et une prière à formuler. La réponse rendit à ses actes de la veille – la lettre qu'il avait rédigée sur le volant, passé, achevé – une réalité toute présente. Tout ce qu'on jetait à la boîte avant 17 h 30 atteignait Paris ou toute autre agglomération métropolitaine le lendemain. Catherine, si elle était au labo, avait donc en main son bout de papier. Il continuait, à distance, à agir. Il allait avoir, sur son insertion à lui dans l'étendue et la durée, des conséquences qu'il préféra ne pas trop regarder. J'ai trois jours.

Il fit ensuite connaître qu'il venait d'arriver sur le promontoire. Juste au-dessus des frères C. – le postier voyait très bien –, chez M. X. – le postier se souvenait. Je suis son neveu. Je compte passer quelque temps. J'attends des nouvelles. C'est pour que vous ne retourniez pas la lettre. J'habite la maison.

La Nationale était déserte. Il n'y avait personne non plus sur les trottoirs, aucun signe d'activité visible. On pourrait être après la fin du monde.

L'épicière sortit d'un rideau de lanières en plastique multicolore et le dévisagea posément tandis qu'il passait sa commande. Des boîtes de 500 grammes, si vous avez. Un vrombissement paresseux de mouches tourbillonna tandis qu'elle fourrageait dans les étagères.

Ce sera un peu difficile à expliquer. Ça n'existe pas matériellement, mais comme par défaut, en creux. C'est une réalité négative, la négation de la réalité. On ouvre le livre, on lit. On continue d'attendre que cela vienne parce qu'on a été tout de suite alerté. Rien ne vient. Il y a une excellente raison : c'est que c'est déjà arrivé. À peine a-t-on lu une page que l'on sent, car cela ne se comprend pas, que l'image de nous-mêmes et du monde qu'il nous tend nous en dépossède. On comptait s'y retrouver. Mais elle est purgée des considérations, des appréciations et autres évaluations qui nous rendent, croit-on, l'univers familier. L'espèce de halo qui baigne le grain le plus ténu, qui nimbe chaque geste, s'est dissous. Il reste ce que nul ne saurait souffrir : l'existence nue, dépouillée de ses raisons et de ses justifications. C'est ce qu'il nous inflige, de cette voix blanche, sans émoi, qu'il trouve à la fin et que les autres, avec le procès, voulaient faire taire.

Pour les lentilles, la bonne femme n'avait plus que des kilos. De quoi faire cinq ou six repas. Elle mit encore deux petites boîtes d'ananas, un bout de fromage et une tablette de chocolat dans la poche en papier.

Sur le trottoir, une bande sableuse que des plaques de schiste plantées de chant séparaient de l'asphalte, il plongea dans la torpeur. Il était sans désir ni hâte. Jamais il ne s'était senti si peu solidaire des maisons muettes, de la route, de lui-même avec sa poche et trois jours devant lui.

Il regagna en troisième, puis en seconde, sa solitude.

Si écrire devient si malaisé, c'est qu'il n'y a plus un traître mot, c'est le cas de le dire, qui n'implique un jugement, une prise de position, un intérêt pour ce qu'il désigne. Et il lui fallait couvrir trois ou quatre cents pages, figurer un univers complet sans qu'on devine plus rien qui s'attriste, s'exalte ou s'irrite en deçà, du côté supposé, nécessaire de celui qui décrit. Ça expliquerait toutes ces corrections. Une erreur infime, le plus mince émoi ruineraient l'ensemble de l'entreprise. Il se dénoncerait. C'est un homme, mon semblable, qui est là derrière. Il doit sans cesse rectifier le tir dans un monde verbal où chaque élément porte le sceau de nos espoirs et de nos croyances, du goût immodéré que nous avons des choses et de nous-mêmes.

Il braqua énergiquement. Que de peines pour obtenir si tard – voyons, il est de 21 et Emma de 57, trente-six ans donc – le contentement, l'estime de soi qui lui étaient refusés. Il incarne l'image qui le hantait puisqu'il agit sur les autres, sur moi, à son égal.

La haie de lauriers ruisselait de soleil, mais le livre avait coulé dans l'ombre bleue. Une saute de vent avait tourné la page. Chocolat au poing, il reprit sa faction sous le tilleul. Il chercha un sujet de composition française qui lui procurerait un peu de répit, le lendemain. L'idée de s'enfermer avec les gosses pour les persuader qu'à tel son est associé tel sens, lequel s'attache par exemple à tel segment de la durée – l'eau lourde du sommeil, le matin nacreux, la torpeur méridienne – était presque saugrenue, vue de la terrasse. Elle s'imposerait pourtant avec force, n'était-ce que parce que trois jours le séparaient seulement de l'escarpement au-delà duquel il ne voyait plus rien.

Le silence était complet. Il perçut le froissement menu de l'herbe derrière le mur nord avant que l'ombre longue glisse sur la terrasse, talonnée par Robert C. Il s'était fait, dans la coulisse, son durable sourire.

L'autre se redressa, rangea contre sa joue le carreau de chocolat et s'éclaircit autant que faire se pouvait le visage. On l'invitait, sans vain protocole. Il y aurait du cochon. Il enregistra avant de comprendre. Il n'avait jamais mordu dans du fauve. Une vague inquiétude lui vint. Je ne sais pas trop où je vais mettre la dent. Cette incertitude valait mieux, à tout prendre, que la gamelle de lentilles au naturel qu'il se destinait.

Le temps de mettre un peu d'ordre et j'arrive.

Il se laissa glisser le long du tronc et récupéra son morceau de chocolat. Il faudra prendre un pull. Les soirs sont frais, maintenant. Une grande sauterelle verte jeta des étincelles. Mais à l'arrière-plan, le ravin, les crêtes qui s'enfonçaient dans l'ombre gardaient le silence. La verdure, le ciel semblaient sonner creux. Tout finit. On avait le pressentiment soudain des premières gelées, tapies dans les ravins, à l'est, prêtes à mordre. On s'éveille par un matin limpide et déjà le venin a fait son œuvre – fleurs noircies, feuilles molles, prêtes à se liquéfier.

Il ramassa Flaubert dans l'herbe, tira du sous-sol une bouteille ventrue et fit quelques pas sur la route, le pull sur les épaules. Les chiens menaient un vacarme odieux. Robert sortit du bâtiment de gauche, toujours souriant. Mais au lieu de le faire entrer, il le conduisit en face, dans la remise. Ils passèrent la porte que soutenait, l'autre jour, le colosse. Dans la demi-obscurité, à même le sol, l'œil devinait des amoncellements de pommes de terre, des citrouilles. Un fourniment hétéroclite pendait aux murs grossiers de pierres qui cloisonnaient le bâtiment. L'odeur changea d'un coup – crue, violente. Elle serrait la gorge avant même qu'on ait passé la dernière porte, et la vision qu'on avait d'abord était celle, terrible, que l'odeur annonçait.

Il avait bien vu, dans les boucheries, des porcs entiers. Mais ils étaient roses, rincés d'eau chaude, rasés de près, pas très différents des rouleaux de chair et des tranches de jambon en quoi on allait les convertir. Tandis que l'autre, dans sa broussaille ouverte sur la viande noire, l'énorme tête en bas, les pattes postérieures écartées, clouées à une poutre, faisait frémir. Une divinité des bois, crucifiée, presque un homme.

Du moins un de ces sauvages hirsutes, prognathes, le front bas, qui patrouillaient en aval, sur la Vézère, à l'âge de pierre.

Il faut le laisser trois jours, expliquait Robert. Une flaque brune s'était solidifiée à l'aplomb du groin effilé. Robert désignait une déchirure tuméfiée, d'un noir plus intense, entre les côtes. Le trajet de la balle.

L'autre dut secouer rudement la stupéfaction malsaine qui le clouait au ciment. On sortait de l'odeur forte comme d'une eau sombre, pourrissante. Les parfums potagers qu'on traversait à nouveau lui éclaircirent les idées.

Un solide coup de botte envoya le plus braillard des deux – le braque –, gémissant, suant de lâcheté, dans un recoin de la courette.

Robert le fit passer dans la cuisine ténébreuse, malgré le ciel lumineux sur leurs têtes. Au fond, dans l'âtre, un rougeoiement ébauchait le contour anguleux d'Antoine. Il triait des lueurs fauves – des amorces, sans doute, et des douilles – qu'il répartissait dans de petites boîtes en bois. L'odeur était celle qui colmatait le dernier caisson de la remise, mais apprivoisée quand même, sans la crudité qui alarmait l'odorat et aussi, insidieusement, un tréfonds mal localisé de l'organisme où survit la mémoire de craintes sans nom.

Il salua les reflets sanglants dans la caverne charbonneuse et obtint, en écho, un grognement. Le sentiment pénétrant d'étrangeté ne venait pas seulement de ce que Catherine, en lui retirant l'image apaisante qu'elle lui avait tendue, dix ans avant, l'avait du même coup détaché de la terre, des hommes, de lui-même.

Robert souleva le couvercle de la marmite en fonte et le noir parfum s'épaissit dans la pénombre rougeoyante. Celui-là, on l'a eu fin août.

Il se souvint des cymbales nocturnes. C'était une laie. Le goût est moins fort. On a beau enlever les suites, vous savez.

Ils enjambèrent les bancs. Le plateau de la table semblait tiré de la même matière noirâtre et lourde que les murs, l'air palpable, le colosse à contre-jour, dans la lueur d'incendie. Robert tenait une bouteille d'Évian. Il remplit les trois verres d'un liquide incolore, légèrement opalescent. C'est de la prune. Les deux frères avalèrent le tout d'un seul geste. Il sentit les larmes lui monter aux yeux quand il y trempa les lèvres. Il ne s'agissait pas de retomber dans les visions colorées, puis, pour finir, d'aller vomir à quatre pattes, comme un chien.

Antoine rangeait les pastilles de cuivre. Robert commentait. Ils faisaient eux-mêmes leurs cartouches. C'est moins cher. Je ne tire qu'à balles. Il se leva, prit une petite caisse, près de l'âtre, et en tira deux cylindres noirs qu'il lui tendit. Du douze. Le cône arrondi sortait seul de l'étui de la cartouche. Je vous les donne. Mais si. C'est pour ne pas confondre. Les chevrotines, dont se servait Antoine, avaient toujours un manchon rouge.

Il examina, à travers le disque transparent, les billes de plomb, grosses comme des petits pois, régulièrement disposées à l'intérieur du cercle. Mais il ne voyait pas bien. Il estima, pour parler surtout, qu'une grappe de ces machins devait provoquer de sérieuses indispositions.

— Ça les oblige à ralentir, précisait Robert. Je vous l'ai dit. Ensuite, si c'est nécessaire, je me place. Une autre ?

Il avait empoigné la bouteille d'Évian.

— Merci. Je n'ai pas l'habitude.

Robert poussa les caisses du pied. Il apporta trois grosses assiettes creuses, des couverts et une tourte. Ensuite, s'entourant la main d'un chiffon graisseux, il saisit l'anse de la marmite, récupéra une grosse casserole qui lâchait des bouffées de vapeur près du feu et déposa le tout, sans douceur, sur la table.

L'odeur, toute proche, même atténuée, même passée au feu, restait celle du sylvain crucifié. Il regrettait sincèrement ses lentilles. À contrecœur, il aspira un peu de la solution opalescente. C'était de la lave. Robert souriait à travers ses larmes en lui montrant un bloc de charbon fumant dans la louche. Il tendit son assiette et reçut encore trois grosses pommes de terre bouillies. Il n'y eut plus ensuite qu'un remuement puissant, bien synchronisé, de mâchoires. On dirait de grosses gouttes d'eau qui tombent dans une cuvette. Outre l'odeur, qui collait à la bouche, ça opposait une défense nettement supérieure à celle du porc. Il fallait soumettre chaque morceau à une trituration prolongée avant de le hasarder dans la trachée. Les pommes de terre, même sans beurre, suffocantes, semblaient glisser toutes seules ensuite. Je ne vais pas vomir, quand même. Il s'octroya une autre gorgée de flamme. Il commença à répondre, par l'affirmative – oui –, mais s'interrompit pour réclamer un verre d'eau. C'était un besoin impérieux, élémentaire, qu'il était pourtant malaisé d'exprimer au moyen d'un son pourvu d'un sens. Il récupéra, de l'autre côté, le fil rompu de sa réponse. Oui, je pense rester. On ne quitte pas son poste comme ça.

Le banc roulait doucement. Je me demande de quoi ils peuvent vivre. Il y avait le potager minuscule. Ils doivent vendre aussi les bêtes. Il voyait obstinément un étal de marbre sur lequel étaient jetées, raidies, le poil souillé de sang, des créatures de cauchemar où il entrait, certes, du sanglier, mais de l'orang-outang, du néandertalien aussi. Quelle misère, encore ! À six heures de Paris, c'est toujours le paléolithique, la bauge moustérienne. On grappille – quelques patates, les bêtes féroces. On a juste troqué le coup de poing contre un calibre 12.

C'est un salaud. Tout en malaxant un bloc fibreux qu'il avait réussi à s'introduire dans la bouche, il pensait au notaire. Quatre-vingts kilos de chair pâle, aqueuse, fade et qui fondrait au feu. C'est avec la vie âpre, sauvage, qu'il leur fait – il jeta un coup d'œil humide vers ses commensaux qui broyaient la viande noire – qu'il se paie cette vie de luxe, de lambris, de mobilier d'époque. La rosette, la calme certitude, le froid contentement de soi.

Il déglutit en évitant de penser à ce qu'il faisait, puis mena une attaque de diversion contre la grosse pomme de terre. Le jour baissait. C'est à peine s'il discernait les masses blanchâtres dans la sauce, au fond de l'assiette. Des lémures dans la vase. Un reflet sanglant mangeait la joue du colosse.

Moi aussi. Et cette idée, subite, suspendit à mi-chemin l'envol malhabile du quartier de pomme de terre. J'accapare, j'hérite sans bouger. Je m'approprie un morceau de la planète que je laisse en friche, dont je ne fais rien. Dont je n'ai même pas besoin alors que les deux autres en sont réduits à courir les bois, la nuit. Il s'opposa à lui-même qu'il n'avait rien demandé, qu'il ne tirait du sol ni rente foncière, ni contentement. Il protesta même que sous ce dernier rapport, il était plutôt mal loti. Mais la lueur sinistre dans la pénombre, la viande noire, cette lie qu'il touchait ne se prêtaient pas aux compromis qu'avec un peu d'exubérance ou de saine distraction on finit par trouver. Il y avait les faits, la réalité nue. Enfin presque, parce que dans son mutisme, elle disait encore ceci : qu'il monopolisait de la terre, des arbres, une maison qu'il habitait à peine quand les deux quinquagénaires, de l'autre côté de la table, tiraient toute leur subsistance de trente mètres carrés.

Il se sentait mal, soudain, dans la peau du hobereau qui partage en toute simplicité l'ordinaire grossier de ses manants.

L'égouttement avait cessé. Ils avaient fini depuis un moment et ils attendaient patiemment qu'il eût réglé son sort à la masse charbonneuse et froide, maintenant, qui sortait du limon. Il eut un sourire contraint et pria qu'on veuille bien l'excuser. C'était trop copieux. Je ne mange pas beaucoup. C'était excellent.

Robert attrapa, par terre, un panier de pommes. Il racontait que de leur temps, le maître était sévère. Plus qu'aujourd'hui, à ce qu'on dit. Il nous passait de ces raclées, hein, Antoine ? Un gars qui avait fait Verdun. Il avait tué des Boches.

Robert remplit les verres.

— Non, merci. Vraiment. Ça chauffe.

Il s'était contenté d'un euphémisme, parce qu'en vérité une intense brûlure lui avait poussé par le travers du corps. Il flottait dans un tourbillon d'eau noire où l'incendie mettait des lueurs pourpres. Il avait mangé de l'homme et il en exploitait d'autres. Le séjour de la cuisine basse le suffoquait. Il fallait sortir. Il peina à mettre en mouvement les organes de la parole. Je commence tôt, demain. Il se hissa sur ses jambes. La table le fuyait sournoisement. Prestement, il en saisit le bord. Il crut surprendre un sourire rapide, très mince, sur les lèvres de Robert, et qui ne lui était pas forcément destiné. Il le lui rendit quand même, remercia encore, serra les mains qui se tendaient puis, avec la lenteur un peu raide qui sied à un membre de la noblesse terrienne, il entra dans la nuit.

Jamais la route n'avait été si scabreuse. Il cheminait pesamment, s'arrêtant tous les cinq pas, clignant les yeux dans l'ombre.

Après deux heures passées dans le parfum sauvage qui évoquait des atrocités, l'odeur de moisi, bien qu'atténuée depuis huit jours qu'il habitait la maison, ouvrant les portes et les fenêtres, redressa un peu le désordre autour de lui. La solitude béait. La campagne, abîmée dans l'obscurité froide, hostile, éveillait le besoin véhément d'un refuge, d'un peu de lumière. Puis, la seconde dimension de l'expérience humaine, le temps, se surimposa à l'espace englouti. Elle finissait en cul-de-sac à trois jours. Deux et demi. Le courrier sera distribué à midi, samedi.

Sitôt qu'il n'y avait plus à se mettre, si peu que ce fût, en frais de représentation, à donner le change, il retrouvait l'étroit et court chemin et la crête où il finissait, toute proche.

En pliant aux genoux son pantalon pour le poser sur la barre en cuivre, il déclencha un petit fracas de corps durs heurtant le parquet et roulant, decrescendo, sous le lit. Il n'imaginait rien. Il se baissa, passa un bras aveugle dans l'épaisse poussière et rencontra les munitions que Robert lui avait offertes. Il posa précautionneusement les deux cylindres noirs sur la table de nuit puis se recroquevilla dans le noir où dansaient encore des lueurs pourpres.

V

C'est comme si j'étais rempli de vase. Boire du café n'était même pas agréable. Le soleil folâtrait. Mais je sais, maintenant. Il aurait préféré en finir tout de suite. Que les mauvais jours où l'on entrait n'aillent plus simuler cet été cartonneux d'où les chants et les sèves s'étaient retirés. On se croit obligé, avec tout ce bleu, de faire comme s'il y avait encore du temps, des joies, de longs crépuscules, les vacances. Alors que le soir – il l'avait bien vu, la veille – était là, aussitôt, morfondu, inhabitable.

Il repéra dans le puzzle en désordre qui s'était déversé par la porte ouverte des assemblages familiers. Les deux nattes accrochées aux yeux vifs où la confusion de l'aspect et du temps jetait un désarroi, les bonnes joues rouges sur le tablier noir, deux tables plus loin. Il n'avait pas regardé vers les saules. D'ailleurs, l'eau doit se refroidir très vite. Il pataugeait dans la boue.

— Vous avez deux heures.

Il écrivit, en s'appliquant, au tableau : « Sujet

numéro 1 : moi. » Il s'assit face au puzzle et, comme si de rien n'était, comme s'il avait eu, devant lui, les mois qu'il faudrait pour mettre cette affaire – une vie de combat, de papier – au clair, il entreprit de dresser son plan.

En dernier ressort, il n'y a pas à chercher loin. C'est une métamorphose du capital, une conversion. Ce type, Achille-Cléophas, n'est jamais qu'un péquenot. Il gère et transmet son patrimoine, sa compétence professionnelle de chirurgien, capital incorporé, comme un bien-fonds, un capital objectivé. Il le transmet en totalité, c'est-à-dire exclusivement, à l'aîné, Achille. À charge pour Gustave, le cadet, de chercher ailleurs sa subsistance, sa suffisance.

C'est loin. Ce devait être si ressemblant à la vérité brutale de ces affaires, si proprement inhumain, qu'il a dû, Gustave, le vivre comme tel. Même à treize ans, quand les grandes douleurs qui nous traversent n'ont pas encore de nom. Mort avant que d'avoir vécu, existant à peine et déjà anéanti, dessaisi de tout avant d'avoir rien pu annexer.

Eh bien ! Il décocha, sans lever les yeux, son interjection vers la partie médiane de la rangée de droite où un murmure s'installait. Le silence actif, préoccupé, toujours frémissant, qu'on peut obtenir sous certaines conditions de vingt-quatre enfants, retomba.

C'est écrit noir sur blanc dans *Rage et impuissance.* À cette différence près que c'est son père qu'il met vivant au tombeau, car c'est de ce renversement qu'il attend de retomber, lui, sur ses pieds. Il l'affronte à la mort avec l'espoir qu'elle défera le mortel ascendant que l'autre exerce sur lui. Et l'autre, le père, triomphe de la mort même puisque son fils, dans l'écrit suivant – *La dernière heure*, janvier 37, un mois après – rédige son testament. Il comptait en finir avec le gaz. Un écrit qui aurait eu sur le monde, sur son père en l'occurrence, qui l'empêchait d'être au monde, l'effet escompté seulement si l'auteur avait fait ce qu'il dit. Tourné la manette. Une victoire ruineuse, dont il n'aurait pas profité, ayant cessé d'exister.

Écrire est moins coûteux. Par le truchement des mots qu'on trace, qu'il n'est pas besoin d'assister en personne, on peut apparaître aux yeux de ceux auxquels on les destine comme la mort elle-même. Il n'a jamais tendu qu'à cette identification, laquelle consiste en l'aliénation violente du lecteur. Il écrit pour l'arracher à lui-même. Que dans cette voix suprêmement égale qui parle, dans le regard vide qu'il regarde, dans son reflet, l'autre découvre non pas l'heureux coquin qu'il croyait, mais des orbites vides, un crâne décharné. Qu'il reconnaisse ce qu'il méconnaissait.

Le murmure, insistant, brouillait l'agencement du mécanisme délicat qui faisait mouvoir la pointe acérée logée dans le gros livre rouge.

Il leva les yeux. La blonde, dans sa petite robe

en vichy, était penchée vers l'autre, brune, en veste blanche, les yeux ruisselants, et chuchotait sans doute des consolations. On commentait sous cape, tout autour, le gros chagrin. D'ailleurs, c'est toute la classe qui allongeait une mine perplexe. Les feuilles restaient blanches.

Il prit un ton bourru, légèrement paternel, et ce fut aussitôt une débâcle de torrent, charriant des pleurs, des plaintes, des appels. On ne comprenait pas. On ne savait pas. C'est trop dur, monsieur. Il respira profondément, se composa un visage sur lequel, à travers l'émoi et les larmes, ils puissent lire de l'indulgence et un peu d'ironie, aussi. Ils se noyaient dans un verre d'eau. Puis, par petites touches, dans le grand silence revenu, il précisa.

Vous existez, depuis onze ans. Les boucles, les nattes, les mèches étudiées montèrent et descendirent. Vous avez fait, pendant tout ce temps, des tas de trucs. On semblait voir mal. Il entra dans le détail : mangé, couru, joué, ri, pleuré, rêvé... Vous avez eu des tas de choses bonnes, quelques mauvaises aussi. Certaines que vos parents n'avaient pas. Il cherchait du regard sur les visages, dans la pièce claire, dehors même, ce qui leur appartenait en propre. Vous êtes instruits plus qu'ils ne l'étaient. Votre existence est plus confortable. Vous mangez mieux. Il y a la lumière électrique. La guerre est finie. C'est ce que vous avez, ce que vous faites qui vous fait vous-mêmes. On flottait encore un peu, mais certains commençaient à avoir pied. Ça se voyait aux yeux que la flamme habitait de nouveau.

Vous commencez à sentir les choses. Il y en a que vous aimez, d'autres pas. C'est pareil pour les personnes. Vous commencez, j'espère, à vous voir vous-mêmes. Un peu comme dans un miroir, avec vos qualités, vos défauts. Le murmure reprenait, mais tout autre, approbateur, ragaillardi.

Il éleva un peu la voix. Encore ceci. Il s'avança dans le silence. J'aimerais bien que vous me parliez un peu des autres. Je veux dire : demandez-vous ce qu'ils peuvent vous apprendre sur vous-même. Loin de hisser tout le monde sur le sable de ce dernier coup de main, comme il l'attendait, il lui sembla qu'on se remettait à barboter. Écoutez. Je sais que je suis un homme et non pas, mettons, un chien, parce que si c'était le cas, que je sois un chien, vous me donneriez du sucre, ou des taloches. Comme je n'ai reçu ni l'un ni les autres, j'en conclus que je ne suis pas un braque, par exemple. On reprenait pied en souriant. Les larmes séchaient.

Allez. Les plumes se mirent à courir.

Il revint s'asseoir.

C'est lui, maintenant, qui coulait. Deux jours et demi ne sont rien. Dix ans ont passé comme un rêve. Il soufflait par le nez, désespérément. Avec une fureur sombre, il se rejeta vers ce passé dont rien ne surnageait, que le livre entoilé de rouge.

Il a mis plus de quinze ans à admettre qu'il ne serait reconnu à l'égal de son image par les lecteurs, les autres, qu'autant qu'il lui serait conforme : dépouillé de tout ce qui nous tient en vie. Et c'est ce qu'il ne fait qu'à contrecœur, à son insu. Entre 34 et 50, il engage, dans chaque écrit, un peu de ce peu qu'il était et il voudrait, naïvement, le faire passer pour l'équivalent du tout auquel il est en proie. Personne n'est aveugle. Même les notaires. C'est autant de perdu, un pas supplémentaire vers son dénuement, sa vérité de néant, son identité. Il va s'amenuisant. La crise de 44, qu'il s'effondre dans le cabriolet, sur la route de Pont-l'Évêque, doit correspondre à ce moment où il n'a plus rien de fini à opposer à personne, mais où il n'a pas encore trouvé la voix sans timbre, infiniment distante qui sera à la fin la sienne. Celle qui nous dit que nous ne sommes pas ce que nous nous plaisions à croire. Rien.

Il faudrait voir la correspondance. Elle doit être dans les Kleenex ou les filets de harengs. Ce qu'il en dit. Si du moins il s'est trouvé quelqu'un à qui il puisse en parler ; si même il s'est bien représenté la nature exacte de ce tourment qui le rongeait. Est-ce que le développement de notre faculté de nommer n'accroît pas les souffrances qu'il faut que nous éprouvions ?

Des murmures rapides, comme des vols d'oiseaux, s'échappaient des grands arbres de silence qu'il imaginait plantés devant lui.

Ça se discute. À treize ans, il est capable de

récupérer pour son usage personnel les *Paroles d'un croyant* de Lamennais. Il en tire son *Voyage en enfer*. Un fer plat qu'il chauffe et bat pour en forger cette espèce de pointe barbare dont il percera le lecteur.

Les volettements furtifs se multipliaient. Les gosses peinaient depuis trois quarts d'heure à se pousser eux-mêmes dans le paysage nébuleux, mais tout en couleurs vives, plein d'eau et de soleil, qui s'égouttait encore onze ans après le déluge. Cet exercice inhabituel les agitait plus que de raison. Certains recoins pépiaient ouvertement. Il rangea les feuillets sur lesquels il avait fixé les germes d'un plan sommaire. Il me faudrait longtemps. Ça n'allait pas si bien qu'il pensait. Quelques clairvoyants avaient passé au verso, mais la plupart avaient fait le tour du personnage en dix ou douze lignes. La première page avait encore du blanc.

Il s'adressa à la cantonade. Il vous reste un peu plus d'une heure. Supposez qu'à la fin de cette heure, lorsque la sonnerie retentira, vous disparaissiez. Il ne me resterait, pour savoir ce que vous étiez, que ce que vous avez mis sur vos copies. Est-ce que d'après vous les dix ou douze lignes que je vois me permettront de m'en faire une idée, de mesurer la perte irréparable que j'ai faite ? Mais on ne riait pas. On protesta bruyamment. Alors, continuez ! Puis, accroupi entre les tables, il les confessa l'un après l'autre, les piqua, les poussa si bien qu'à la récréation de dix heures, tous ou presque avaient noirci le recto et mordu, inégalement, sur le verso. Il ramassa les feuilles et alluma une cigarette insipide.

Les grands carreaux étaient remplis de bleu lavande. L'air, avec les jours arides, s'était chargé de poussière. Il fut tenté de pousser jusqu'à la salle des professeurs mais se ravisa. Vingt ou trente nouvelles têtes à construire, cette vaine fatigue quand le chemin allait finir ! Il rêva sur les saules voisins, expédia la dernière fournée du matin et se retrouva, éberlué, dehors.

L'idée même de nourriture lui soulevait le cœur. Toute cette boue qu'il avait absorbée la veille stagnait en lui. Il essaya d'envisager aussi froidement qu'il le put la seule pensée véritable qu'il ait eue de tout le matin. Parce que les états d'âme mouvementés qui accompagnent les métamorphoses du capital, l'éveil baigné de larmes de l'enfance à la conscience réfléchie, le faux été qui blanchissait sous le harnois ne lui procuraient qu'un succédané de contenance, le moyen de rester assis derrière le bureau avec l'air dégagé d'un grand seigneur fourvoyé plutôt que de tourner en rond, en gémissant, comme le braque. Et cette pensée véritable – sauter dans la voiture pour atteindre les trois décimètres cubes de fer étamé pleins de mousse, comme un nid – était à double tranchant. Si j'ai touché cette faiblesse qu'il y a en elle, le temps m'est rendu, et la terre. Sinon, je suis tout de suite sur la crête. Il pouvait aussi ne trouver que les débris végétaux.

Tout demeurait alors permis. Il préféra rester en ville, espérer encore.

Il acheta un kilo de pommes, prit un fruit et laissa le reste sur l'appui d'une fenêtre. Il gagna la rivière, en amont du pont, et descendit sur la berge. L'ouvrage, à la jonction des hauteurs et de la plaine, séparait des eaux contraires : sur les galets, rapides et claires, rieuses, qui invitaient au voyage, mais ici, entre les parois abruptes de schiste, torpides et noires, profondes. On les sentait promptes à engloutir d'un seul et silencieux remous quiconque aurait l'imprudence de s'y confier.

Il se demandait ce qu'il pouvait bien représenter, de là-bas – c'est à Paris qu'il songeait. Il faudrait que je parvienne à me voir de très loin et par intermittence, seulement. Une vie périphérique, en quelque sorte, presque inhabitée, si légère que je puisse m'en défaire quand elle viendrait à peser trop.

Les heures de l'après-midi compensaient leur pénible lenteur par la relative assiette qu'on y trouvait, loin du matin, les rêves de la nuit enfin dissipés, la journée déjà essartée, excavée, comme un chantier ouvert dans les bois où se dessine la forme de l'édifice, des ruines à venir.

Il fit un détour par la salle des professeurs. La littérature administrative tombait sans discontinuer dans les casiers – horaires rectifiés des repas, consignes de sécurité, pointage des absences. On avait arrosé la rentrée. Dans la rumeur qui s'enfle avant la dispersion, il invoqua, haussant le ton pour se faire entendre des lunettes à verre épais qui déploraient son absence, les soins pressants auxquels il avait dû pourvoir. Les tables carrées étaient encombrées de restes de charcuterie, de papier gaufré, de gobelets en carton et de bouteilles. Il y avait même du porto. Les vapeurs de mangeaille l'incommodaient encore.

Les gamins, polypier murmurant au bout du corridor, accusaient le coup, repus, eux aussi, mais d'abstractions, l'œil éteint, ensommeillés. Il fallut quand même quitter le parterre bien circonscrit de l'indicatif et s'aventurer dans les arrière-cours où l'on ne sait jamais trop bien ce qu'on fabrique. L'imparfait du subjonctif, dont il soumit quelques spécimens à l'assistance, suscita un peu d'alacrité. On avait dû, un jour ou l'autre, trouver un de ces trucs à traîne et à plume dans un vieux livre. Mais outre qu'on n'était pas capable d'en trousser soi-même, on n'en voyait absolument pas l'utilité. Il fallait reprendre aux fondations. La pesante tâche le faisait souffler doucement. Les visages, plus ou moins bien agglomérés, dodelinaient dans la lumière fade de la mi-journée.

Il se brusqua et poussa hors de lui-même les extrémités fragiles de l'appareil sonore qu'il faudrait édifier dans le cube transparent de l'heure.

La réalité, ils connaissaient. Ce n'est pas quelque chose dont on puisse douter à ce moment de la journée. Il en désigna quelques saillies notables : les cloisons de parpaing, les abat-jour de plastique blanc qui pendaient à deux mètres au-dessus de leurs têtes, son bureau en mélaminé façon chêne qui vibra comme un tam-tam sous le coup de pied qu'il lui porta au flanc. Nous-mêmes – il les fixa. Moi aussi, paraît-il, mais la chute un ton plus bas. Le réel, c'est cela : ce qui a des angles auxquels on peut se cogner, ce qui pèse si lourd qu'on n'arrive pas à le soulever, qu'il faut le contourner. Quand c'est de lui qu'il est question, vous employez l'indicatif. Il en jetait des morceaux, en vrac, au milieu des images assoupies – il fait beau, vous avez mangé, la cloche sonnera. Le fait paraissait admis, ne fût-ce que parce que les visages gardaient leur quiétude. Le moindre trouble, à cet âge, y fait passer de brutales risées, monter des larmes.

Il se détourna un instant pour rassembler son courage mais le monde extérieur, les prairies, les saules familiers l'auraient plutôt dissuadé de poursuivre.

Il commença par des exemples. Ce serait l'hiver. Vous seriez des insectes. Je serais un enfant. On trouva quelque saveur aux deux derniers. Il y eut des rires perlés. On se mit en frais d'ajouter des nouvelles incongruités. Ça pouvait dégénérer. Ça y est, oui ! C'est l'irréel. Vous employez le conditionnel quand ce que vous dites n'est pas la réalité. Vous faites comme si, mais vous savez que. C'est imaginaire.

Il fallait vite croiser les fils. Maintenant, lorsque

vous n'êtes pas capable de trancher, de savoir si ce dont vous parlez est réel ou ne l'est pas, alors c'est le subjonctif que vous employez. J'attends qu'elle réponde, parce qu'il se peut très bien qu'elle ne veuille pas, que rien ne vienne. Mais il est également possible que la lettre arrive à l'heure dite. Nous sommes parfois dans l'incertitude. Et il existe des formes verbales pour dire qu'on ne sait pas à quoi on a affaire, au réel ou à l'imaginaire, qu'on est incertain.

On gambillait, sous les tables, on échangeait des impressions. Il en attrapa quelques-uns. Une lueur de soupirail filtrait dans les cervelles. Ils écopèrent un long exercice pour le lundi matin. Vous ramasserez tout ce qui porte la marque de l'incertitude aux pages 14 et 15.

Il était fatigué. Je prétends convaincre. Il n'était pas certain, à onze ans, de leur faire, avec les lumières qu'il leur prodiguait, un cadeau. Le bonheur, c'est peut-être cette ignorance paisible.

Il empoigna la seconde fournée de l'après-midi, mais ce n'était plus l'argile molle qu'on trouve le matin. Il y avait, dans la pâte, du sable, des nodules. Sur l'appareil délicat qu'il bâtissait devant eux, dans l'air, à un mètre du sol – mettons deux ailes, l'une noire, réelle, l'autre imaginaire, blanche, et le corps central, gris, de l'incertitude –, des regards à demi éteints se posaient, à l'abri desquels reverdissait la bienheureuse confusion des choses et des songes, d'autrefois et de maintenant. C'est l'heure où il se posait des questions métaphysiques. À quoi bon ? Et la proximité de la Dordogne, l'abrupt escarpement qui montait avec le déclin de l'après-midi leur donnaient un écho assourdissant. Il leur distribua, pour le mardi, leur ration d'incertitude. Il était plus qu'eux impatient de sortir. Son sort, à cette heure, était réglé. Hors de sa vue, les mécanismes qu'il avait combinés puis lancés dans l'étendue avaient joué. Catherine avait lu sa lettre, deux fois peut-être. Dans le bref laps de temps, guère plus d'une minute, les raisons qu'il alléguait avaient arrêté, infléchi le regard limpide vers le petit tas de saloperie, dévié – ou non – la course lointaine et scintillante d'astre sans laquelle il s'abîmait, lui, vers la perdition.

Il se reprochait ses façons de grand seigneur, dont il risquait d'avoir à souffrir bassement. De n'avoir pas mis ce qu'il fallait de rhétorique. L'authenticité, tu parles ! La nécessité, oui, le besoin premier, animal – au regard de quoi dormir, boire et manger pâlissent –, de se supporter soi-même, de sortir de la boue. La simple envie de durer. Ce n'est que là-dessus qu'on peut ensuite sacrifier au sommeil, bouffer des pommes et du chocolat. Je suis regardant sur les moyens quand la fin échappe à toute espèce de considération. C'est ainsi. C'est tout. Aux deux sens du terme.

Il était debout près de la voiture. La chaleur s'estompait. On pouvait rester au soleil sans que les tempes se mettent à bourdonner.

Quand même. Il revenait sur le cynisme dans lequel on ferait volontiers quand il y va de soi et de ses aises. Arrondir un peu ses phrases, calculer ses effets, ça revient à considérer leur destinataire comme un objet, l'autre comme un tiers. Précieux, l'objet, unique autant qu'on le voudra, mais dont les réflexions, ce qu'il peut penser spontanément, de prime abord, du sujet – du destinateur – n'entrent pas en ligne de compte. Il n'y a que le résultat : qu'il se range à l'idée que je veux qu'il se fasse de l'idée, de l'image, dont j'ai besoin, moi, pour continuer d'exister.

Or, c'est précisément de cette façon que je ne veux pas traiter Catherine. Et la perspective de souffrir pour s'être privé des moyens par lesquels on peut subvertir l'âme humaine était à tout prendre préférable, ainsi qu'il en avait jugé au moment d'écrire. Si la saloperie menait subrepticement le monde, par exemple en laissant croire aux êtres purs qu'ils restent souverains, libres de leurs pensées et de leurs actes, alors tout ne serait plus que saloperie. C'est ce qu'il faut éviter. Je veux le triomphe du bien. Je ne demande que sa clémence.

Il regrettait de n'être pas un automate chitineux – l'ombre et le silence, l'écorce et la nuit, l'été, les repas abjects. Ils ignorent l'hiver, endormis dans leur alvéole de terre ou de bois, derrière un écran de mousse, aux parois mal exposées des chemins.

Tu y vas, oui ? C'est fini, maintenant. Le résultat est là. Présent, achevé. Presque passé. Il n'y a que toi qui ignores. Il cala deux fois. Le soleil, sans doute, qui avait donné toute la journée sur la ferraille. Rentrer par les routes désertes, sous les feuilles, restait un luxe inimaginable. Aussitôt, ses petites histoires, aile blanche, aile noire, l'incertitude où l'on est parfois, bref, les heures laissées au collège devenaient minuscules, un éphémère désordre auquel il devenait difficile de penser.

De la Nationale, on apercevait les toits de tôle ondulée. Il hésita une dernière fois. Il soupçonnait que l'entretien ne lui apporterait rien d'agréable. Il embarda sur la gauche, sans clignotant, jeta en jurant un coup d'œil désespéré au rétroviseur latéral – mais la route était libre – et s'arrêta n'importe comment sur la bande sablonneuse, entre la poste et l'épicerie.

Dès que le soleil abandonnait l'étroite vallée, elle s'emplissait d'eau glauque. L'heure y semblait soudain plus tardive. Après brève délibération, il opta pour une démarche oblique, le plus court chemin étant le moins assuré d'aller au but. Le bruit de la scie traversait la portière. Derrière les grosses maisons carrées assoupies, on retrouvait l'herbe rase des prés. Des bastaings, en bottes, attendaient qu'on les charge. Le ronflement se précisait. Il montait d'un coup, pris d'une rage énorme, grinçante et sifflante, restait là, dans les hauts, à tourner furieusement sur lui-même, puis retombait. Un ronronnement sourd, concentré, prêt à une nouvelle exaspération de fureur.

Il contourna un amoncellement de grumes décharnées, comme des ossements géants. Ils étaient deux, près de la scie à ruban, qui ramenaient vers le ronronnement une bille volumineuse. Le hurlement de joie féroce éclata de nouveau tandis que la bille s'avançait sur le chariot.

Il s'arrangea pour passer dans la périphérie de leur champ de vision et s'y planta, intimidé par le bruit, la folle course de l'acier barbelé dans le bois, le danger qu'on courait à le frôler comme ils faisaient.

Il était las. Dans la lumière de jungle, on pouvait divaguer, imaginer quelque tigre couché, podagre, réclamant continûment de deux ilotes les monceaux d'ossements qui le faisaient feuler de joie. Puis le ronronnement, au lieu de s'enfler, de blesser l'oreille, décrut, en roue libre, moteur coupé.

Le plus âgé des deux scieurs, en cotte bleue, se redressa, l'examina un instant dans l'ombre du hangar et vint à lui, d'un pas lourd. Je voudrais du noyer. Il dut en indiquer la destination. Une bibliothèque. Il y avait plusieurs qualités, ce qu'il savait. Mettons des planches de 3 mètres, et de 25 sur 3. Il voyait assez distinctement les disques bruns, compacts, dans l'herbe flétrie. Ils passèrent à l'arrière de la scierie. Dans un pré, sous des plaques de tôle, des billes reconstituées séchaient. Le scieur fit basculer les blocs de schiste qui lestaient les tôles, puis les tôles et la dosse. Voilà du noyer. C'est peut-être un peu étroit. Les prix dépassaient tout ce qu'il avait imaginé, mais en examinant avec beaucoup d'attention le grain du bois, il parvint à dissimuler sa surprise et aussi les pensées embarrassantes qui affluaient.

— Il y a d'autres qualités ?

Il n'avait pas précisé. Le gars avait des yeux pour voir. Je dois avoir une tête de prof, c'est-à-dire de rentrées fixes, le 25 du mois. Le scieur le conduisit vers le fond du pré. Ils longèrent des tas de sciure, des souches et trouvèrent de nouvelles tôles. Sous la dosse, le plateau, long et large, était piqueté d'aigrettes noirâtres. C'est du moucheté. Il est très beau. Il faut compter 15 000 le mètre cube.

Il se recula légèrement et, mentalement, s'efforça de réduire au cercle originel le large ovale que les planches formaient, avec les tasseaux intercalaires. Ensuite, il fit sa question biaisée, à double détente. À la première – c'était bien du bois d'ici –, il fit succéder instantanément la seconde. Un truc qui embarrassait un peu les gosses lors des contrôles de grammaire. Il vient de chez les frères C. ? C'était oui. Le scieur n'avait pas le droit de détourner légèrement la tête, ni d'arrondir la bouche avant de faire celui qui fouille en vain ses souvenirs. Il ne voyait vraiment plus lequel de ses nombreux fournisseurs lui avait livré vingt-cinq ou trente mètres cubes de noyer moucheté. Ça remontait à loin, déjà.

De toute manière, je ne suis pas ici pour l'emmerder. C'est les deux autres. Il n'a fait que suivre.

Il avait fait rapidement le compte. 33 % de profit commercial : 10 000, par 30, peut-être plus. Certains sont très gros. Mais avec les risques, car il n'y avait sans doute pas de facture, un peu moins. C'est quand même cher payer la venue de quelques noix. Il se sentait malgré lui propriétaire terrien, exploitant et exploiteur. Ça colle à la peau. Il en avait presque oublié sa hâte et la crainte affreuse qui le retenait de se hâter, de prendre connaissance de l'accompli.

Il ne voulut pas semer le trouble et s'arrangea autant que faire se pouvait pour effacer les effets de la double question qu'il avait formulée d'une voix neutre, en regardant bien en face le visage fatigué, vieilli. Je ne lui ai laissé aucune chance. Un jour, les rapports entre les hommes seront pacifiés. Il n'y aura plus d'actes notariés, de sourires de carton, de trous de mémoire. Il demanda un bref délai pour revoir ses calculs à la lumière des prix qu'on lui avait donnés et remercia avec beaucoup de chaleur.

Il avait, tandis qu'il regagnait en troisième les royaumes du soleil, la tête vide et pleine, alternativement. Les deux états étaient pareillement désagréables.

La boîte de tôle ne contenait rien que son

capitonnage de brindilles et de feuilles sèches. Il revint à la voiture, coupa le moteur et s'assit au pied du tilleul, face au bleu intense du ciel.

Le moment est venu de savoir si je suis un épicier ou un gentilhomme. Il fut d'abord épicier. Avec les plateaux de bois brun épars dans l'herbe, il y avait de quoi vivre à son aise plusieurs années durant. Mais ses frêles constructions aériennes, en lieu clos, suffisaient à couvrir ses besoins – jambon, chocolat, pommes et cigarettes. Je me contenterais d'une image qui vienne de Catherine et que je puisse remplir. Ils ont quand même pris la peine de couper, de débarder. Il se souvenait aussi de la cuisine pleine de nuit, même le jour, des grosses assiettes de faïence. Il se sentit une âme de gentilhomme et c'était la première sensation agréable qu'il eût depuis bien longtemps.

Dans la lumière dorée, granitée, qui éclaboussait le promontoire, la journée semblait s'inverser, remonter aux apogées de midi. Si j'habitais la vallée, je serais très mélancolique.

Il pénétra dans l'odeur de moisi, salua le carabe immobile et passa à la cuisine où il récupéra du pain dur et du jambon. Il tira le livre rouge de son cartable et revint sous le tilleul.

C'est une sombre machination. Dans les images que l'auteur sans visage fait se mouvoir, le lecteur ne peut pas ne pas se reconnaître. Mais en vérité, il découvre qu'il n'est pas celui qu'il croyait. Il se méconnaissait quand il pensait se connaître. Et ce qu'il reconnaît enfin – sa dérision – le déchire. La pointe acérée le transperce soudain de part en part.

Il faudrait développer le plan.

Les grandes sauterelles vertes étincelaient dans le soir. Le soleil avait quitté la terrasse mais une tiédeur montait de la terre. Il couvrait les pages de miettes. Les lignes ondulaient doucement sur le papier. « Je vais donc écrire l'histoire de ma vie. Quelle vie ! Mais ai-je vécu ? Je suis jeune, j'ai le visage sans ride et le cœur sans passion. Oh ! comme elle fut calme, comme elle paraît douce et heureuse, tranquille et pure ! Oh oui, paisible et silencieuse, comme le tombeau dont l'âme est un cadavre. »

Je suis fatigué. Il mâchait mécaniquement l'étouffant mélange. À trente heures de là, l'escarpement lui bouchait complètement la vue.

VI

De sept heures qu'il ouvrit les yeux dans le bleu à dix heures qu'il se rasa rapidement et passa une chemise propre pour partir, il se tint à la cuisine, devant le café froid, l'esprit vacant. La fuite légère, saccadée, du temps qui lui était encore accordé lui semblait tangible. C'est cela, le bien suprême, le pur écoulement. Encore faut-il être quelqu'un ou quelque chose pour en profiter.

De la salle à manger où le soleil paradait venait une lueur jaune orangé, comme un reflet de fête à quoi il ne pouvait participer. Elle allait bientôt s'achever et, de toute façon, il n'aurait pas le temps de s'en souvenir.

Avant de rejoindre la vallée, il s'assura que la boîte de tôle était vide. La distribution n'a pas encore eu lieu. Il aurait pu descendre chez les frères C. pour s'en assurer. Mais il tenait moins que jamais à s'adresser à eux. Pour rester magnanime, il fallait oublier, considérer qu'il n'y avait rien eu. Ce genre de préoccupation a la vertu de vous faire agir au mépris de vous-même. Ça tient de l'instinct. Il y a des façons de se comporter comme un salaud dont j'aimerais m'exempter.

Ce n'était plus un assemblage instable, un puzzle qui se défaisait et se reconstituait sans cesse sous ses yeux mais proprement des gamins dont beaucoup avaient un volume normal, un contour arrêté. Les saules, la rivière invisible s'étaient eux-mêmes assagis, détachés du rêve éveillé qu'un geste va disperser, après quoi on aura sous les yeux un livre ouvert, un peu de jour et le mur d'en face collé à la fenêtre. Mais il en émanait la même tendre invite qu'à la première rencontre. Ils parlaient de barques sous le pont, d'effacement progressif sous le ciel, entre les rives, de nuits et de matins à peine plus obscurs. En tout cas, le résultat, pour être comparable, perdait la brutalité expéditive que lui conféraient le recours au Mauser, la volatilisation de la boîte crânienne sous l'ampoule nue et aussi l'idée anticipée, la peu ragoûtante image du personnage qu'il composerait, après le dernier geste. Si Catherine était appelée. Il se détourna.

Ces pensées d'outre-tombe continuaient de l'importuner à l'instant où il avait à jouer le premier rôle devant son parterre au complet. Tout le matin, il fit de grands gestes pour écarter les soupçons que les gosses pourraient avoir.

À l'interclasse de la mi-journée, il resta assis dans la classe désertée, sans rien voir.

L'après-midi naissant remeubla la salle lumineuse de frais visages.

Il se sentait parfaitement incapable de contrôler l'écran sonore qu'il tirait à chaque seconde devant lui. Il y avait – il le devinait confusément – des accrocs, importants, même, par lesquels on devait l'apercevoir, béant, dépossédé de tout. N'importe lequel des enfants qui somnolaient aurait été fondé à le reprendre vertement. Il eut quand même le réflexe de les inviter à prendre leur manuel au moment où il devenait incapable de tirer encore de lui-même le fil mince qui faisait illusion. Ce fut immédiatement – pour eux – un désastre. Ils ne savaient ni trop ce qu'ils devaient relever, ni à quoi, du reste, ils l'auraient reconnu – quelles marques, quel rang dans la phrase. Mais leur embarras, considérable, lui était salutaire. Il pouvait enfin, sous un air absent qui n'était pas joué, laisser s'ouvrir le vide auquel il n'avait plus rien à jeter. Avec ce gâchis, il put laisser à cinq heures le temps d'arriver. La rumeur des enfants décrut. Il se faisait face à lui-même. Il n'en pensait rien.

Un geste – marcher, ouvrir une portière – qu'il avait fait lui devenait visible, conscient, avant que tout ne s'efface à nouveau. Il pensa aussi, entre deux longues intermittences, qu'il entrait dans cette existence aérée, oublieuse d'elle-même, presque inoccupée, dont il avait rêvé. Une lueur lui révéla un court instant l'écharpe fine du talus. Les pneus criaient, comme au cinéma, lorsque la voiture embardait violemment sur l'étroite chaussée et qu'il rétrogradait en catastrophe pour ensuite récupérer, le pied au plancher, les huit cents kilos de tôle et de fonte que les lois de l'inertie jetaient vers le ravin.

La lumière revint, tout à la fois la pulvérulence dorée qui éclaboussait le promontoire et la flamme intérieure, vacillante et froide, lorsque la haie de lauriers déferla sur la droite. Il s'engagea sur la terrasse et coupa le contact. Il tremblait doucement, mais il avait lutté contre la gravitation universelle. Il marcha, clarté indistincte que le soleil aveuglait, vers le portail. La lettre reposait sur la mousse, comme un papillon endormi. Il n'était pas question de prolonger ce gris où il avait vécu, si cela s'appelle vivre. Il déchira l'enveloppe et la partie supérieure du feuillet de petit format qu'elle contenait. Il s'empara des dernières lignes, juste au-dessus de la signature. Il était au sommet de la crête, d'un coup, presque aveugle. À peine s'il discernait les caractères, plissant les paupières pour voir mieux, pour comprendre. Il exhala un soupir énorme, doucement saccadé, et s'accroupit, les jambes fauchées ; le dos au vantail métallique. Tremblotant toujours, mais inondé de soleil, arraché au limon, loin des lémures, il entreprit de relire, par le commencement, les douze lignes qui le refaisaient lui-même. Je suis cela. Il s'amusa même, maintenant qu'il avait faim, soif, que le temps s'étendait à perte de vue, à compter les lignes. Les gosses n'étaient pas loin du compte.

Le papier à la main, appuyé au vantail, il laissait la lumière le baigner. Les grandes sauterelles crissaient. L'odeur mélancolique, très automnale, du bois frais était sans prise sur le monde neuf qui le portait.

La réflexion se fit jour très lentement et, d'abord, il l'écarta d'un léger revers. Puis il se rembrunit un peu, se redressa sur ses jambes et marcha vers le bord de la terrasse. On ne voyait rien, de là. Il franchit la clôture. C'est dans le fond qu'ils avaient coupé. Pas beaucoup. Il dénombra cinq noyers couchés, sciés au ras de l'herbe, à dix mètres les uns des autres.

Il regagna la maison, prit la route et poussa énergiquement le portail de bois déteint. Le colosse remplaça presque exactement la porte de la cuisine. C'était le même visage rocheux, sous la broussaille, et les yeux de marbre jaunâtre.

Il parlait trop vite. Robert C., qu'il avait demandé, n'était pas là. Tout d'une traite, il fit connaître à la cariatide que les trente ou trente-cinq mètres cubes qu'ils s'étaient octroyés devaient suffire. Il les pria, son frère et lui, de laisser en l'état le verger, y compris les cinq arbres qu'ils venaient de foutre par terre. Il tourna les talons et, plus contrarié qu'il ne voulait se l'avouer, mangea, debout, en marchant, sur la terrasse, une tranche de jambon racornie qu'il pinçait entre deux doigts. Il tira la dernière barre de chocolat du papier froissé et relut, pour se rasséréner, la lettre de Catherine. Il s'interdit de considérer les marches et contremarches fort incertaines qu'il allait entreprendre pour obtenir d'être réexpédié à six heures de là, loin de la Dordogne, des arbres, des ravins, parmi les murs. Il prétendait, pour un soir, au moins, jouir sans empêchement de lui-même. Mais il n'était plus ce vide fangeux qu'on peut installer n'importe où, avec ou sans bouteille, en attendant la venue du sommeil.

J'ai deux heures à faire, encore, en matinée. Je serai à Paris vers cinq heures.

Le soleil, comme une sphère d'un rouge terne, flottait dans des brumes violacées, pas très loin.

La hâte lui revenait avec l'espace et la durée. Il erra un moment, indécis, prit à la cuisine un couteau à manche de bois et un bocal vide et replongea dans le verger. Mais les collerettes qu'il décortiquait systématiquement n'abritaient que des cloportes, des iules, des cochonneries. Je n'ai trouvé l'autre que parce que je ne le cherchais pas. Tous les sens en éveil, luttant de vitesse contre le soir qui descendait, les instants écourtés qui restaient avant qu'il ne puisse plus rien discerner, il se redressa, les reins endoloris. Un bruit imperceptible dans le crépuscule l'avait arraché à ses menues destructions. Ça ne sert à rien. Avec la chaleur sèche des derniers jours, les carabes avaient dû migrer vers le fond humide du ravin. Il s'empêtra dans la broussaille épaisse, gesticula et prit pied sur le sentier sablonneux. Une souche de châtaignier était chavirée dans l'herbe haute. Sous la première lame d'écorce, ils étaient deux – des *auronitens* ; côte à côte, au fond de l'alvéole qu'ils avaient creusé dans l'aubier pourrissant. Il visait plus haut. L'écorce résistait. Il faisait plus sombre. Il s'écorchait les doigts. Il souleva, au passage, des pierres, mais rien ne s'y cachait. Le fourré s'épaississait. Il repéra un autre tronc décomposé. Il se hâtait. Avec le couteau, il tailla dans les ronces, l'œil écarquillé pour ne rien perdre dans la clarté pauvre, verdâtre, et souleva de larges plaques d'écorce spongieuse. Encore un *auronitens*. Des larves de longicornes, grasses, crémeuses. Les ronces le gênaient. Je vois mal. Il se pencha pour tailler encore. Le fût de bronze du petit châtaignier qui s'élançait d'un jet rectiligne vers la lumière sonna comme sous la hache tandis que l'écho redoublait le coup de cymbale qui avait parcouru d'un grand frisson le calme crépuscule. Il ne voyait pas bien, immobile, le couteau à la main. La tache claire qui avait surgi contre l'arbre, un peu en avant, à trente ou quarante centimètres au-dessus de sa tête, persistait. Il leva les yeux. Il comprit tout de suite. Le projectile, de fort calibre, avait perforé d'outre en outre le bord du tronc. On distinguait, du côté par lequel il était entré, un orifice à peu près circulaire, vaguement lumineux sur l'écorce lisse et sombre parce qu'il avait arraché, soulevé, en ressortant, une écaille de bois large comme la main, humide, blanche, légèrement phosphorescente dans la pénombre. Le front plissé, il se redressa tout à fait et fit face à la vague figée des bois. Il ne faut pas confondre. C'est ma veste. Il leva le bras et cria. Oh ! Il perçut, simultanément, la lueur brève, à travers la feuillée, à cinquante ou soixante mètres, et le ronflement sonore et bref d'un gros longicorne ou d'un lucane qui l'aurait frôlé dans l'ombre. Puis, aussitôt, le coup de cymbale et son écho. Un picotement froid lui courut dans la poitrine et se propagea jusqu'à l'extrémité des doigts. Mais Catherine l'attendait, à un jour de distance. Elle lui avait rendu le courage nécessaire et même un peu de superflu. Ce dernier consistait en la faculté de penser encore sans trop de trouble ni de bassesse quand l'objet de la pensée pouvait être le dessein qu'une autre avait formé de la détruire.

Il hésitait encore. Ils sont fous. Il doutait d'avoir entendu vrombir à son oreille, dans l'air calme, le cylindre de plomb durci. Mais il y avait, vaguement lumineux dans le sous-bois, le large éclat au flanc du châtaignier. Des bruits feutrés dévalaient le versant. En choisissant des plaques de mousse et des jonchées de sable pour y poser ses pas, il s'enfonça dans le ravin, vers la Dordogne.

Je n'ai pas vraiment peur. À peine si sa respiration s'était un peu raccourcie. Il aurait pu courir plus vite, indéfiniment. Ils ont la cinquantaine. Je vais les semer.

En se frayant un passage à travers les feuilles, il se demandait pourquoi Antoine ne l'avait pas arrêté. À cette distance, il m'aurait mis de ses petits pois dans le corps. C'est Robert qui avait tiré. Avec la pénombre, le double écran de feuillage, la distance, un fusil de chasse – ça manque de précision ; il s'entendait assez bien à l'affaire.

Il fit halte, à l'abri d'un hêtre trapu. C'est incroyable. À nouveau, l'incongruité de la situation – courir pour sauver sa vie – le déconcertait, entravait sa course. Et surtout qu'on puisse en vouloir à cette vie, qu'on trouve à la lui retirer un avantage positif. L'envie lui vint de retourner sur ses pas, de marcher vers les deux autres, si d'aventure ils l'avaient suivi. De leur dire qu'il avait trouvé fort piquante la plaisanterie, mais qu'elle avait assez duré. Je ne suis pas homme à pouvoir convenablement m'y prêter. Je ne fais pas de moi-même un cas suffisamment considérable pour donner beaucoup d'attrait au jeu. Il aurait presque souri dans le demi-jour verdâtre. Il avait retrouvé une respiration égale. Il prit conscience qu'il tenait toujours le bocal, qu'il posa délicatement au pied de l'arbre, et le couteau qu'il conserva après une courte hésitation. Ils ont laissé tomber. Il garda une immobilité parfaite derrière le hêtre. Puis le sous-bois eut un frémissement léger, tout proche. D'autres montèrent, plus éloignés, plus à droite. À nouveau, sa respiration s'accéléra. Ils étaient là.

Il reprit sa course, de toute la vitesse de ses jambes, cette fois-ci, en surveillant avec une attention redoublée le sol indistinct. À faible hauteur, à cette vitesse, c'était une toile bise, grossière, tachetée d'ocre clair et de vert où il prenait appui. Il donna de la tête dans une branche qui lui griffa sournoisement la tempe. La clarté croissait. Il distinguait, sur les passées sablonneuses, des grains luisants de quartz, d'infimes reliefs. Il jeta un coup d'œil en avant. Les arbres s'espaçaient. Il approchait d'un rideau de gaze grise. Des prés.

Il ne vit rien sur ses arrières. La forêt semblait retenir son souffle. Les arbres attendaient l'issue de l'étrange chasse. Il fallait choisir, et vite. Il fut tenté de longer la lisière et de poursuivre ensuite, toujours à couvert, au pied de l'abrupt versant. Mais ce détour perpendiculaire à sa fuite allait lui coûter des secondes précieuses. Il ne savait pas non plus s'il pourrait courir dans le taillis inculte qui cernait les prés. Cessant une seconde de respirer, il tendit l'oreille. Il crut percevoir un froissement, imperceptible. Peut-être même le bruit s'était-il produit en lui ou bien l'avait-il seulement imaginé. Sans plus chercher d'appuis de mousse ou de sable, il se jeta vers l'écran bleuté qui grandissait entre les troncs, enregistra du même regard la clôture basse de barbelés et la longue glissade moelleuse que les bois, de nouveau, arrêtaient cent cinquante mètres plus loin. Il passa très au-dessus du fil d'acier et de toute sa vitesse se mit en devoir de traverser le feutrage où pointaient, par endroits, des joncs. Quoiqu'il considérât toujours que l'affaire manquait de sérieux, il avait quand même en courant une sorte de crispation. Comme si les muscles du dos pouvaient, en se durcissant, arrêter trente-cinq grammes de plomb durci traversant l'air tiède à sept ou huit cents mètres-seconde. Il me faudrait des élytres. Ce n'est pas sérieux. Il rebondissait légèrement sur l'herbe rase, élastique, esquivant d'une feinte rapide les plaques plus sombres que signalaient les joncs. Il comptait, cinq, six, sept… Certains atteignent dix mètres-seconde. Plus, puisque le départ est arrêté. Il venait de compter douze lorsqu'il frôla de nouveau un vrombissement bref d'insecte que talonnait la cymbale. J'étais peut-être à quatre-vingts mètres. Lancé à toute allure, il passa un léger ressaut que faisait la natte verte avant de dévaler vers l'orée proche. Encore des châtaigniers. Ils me manquent. C'était sérieux sans l'être. L'envie de faire halte, brusquement, de revenir, un peu essoufflé, s'insinuait encore. Il avait au bord des lèvres la phrase qu'il lancerait à Robert. C'était amusant. J'ai marché. Couru, même. Il aurait un sourire.

Puis il songeait au corps dur qui n'avait pas dû passer bien loin de lui. On ne le voit pas. C'est un peu magique. Les sauvages, autrefois, ne s'expliquaient pas lorsqu'on tirait devant eux.

Il franchit la deuxième clôture d'un bond facile, exagéré, et replongea dans les bois. Ils veulent peut-être me faire peur. Mais à cette distance-là, ils pouvaient me faire mal, aussi.

Il courait moins vite, dans la demi-obscurité, entre des colonnades de bronze. Il n'était pas fatigué. Au contraire, il n'avait jamais éprouvé pareille sensation de légèreté. Comme lorsque j'étais gamin, que je courais par plaisir. Les troncs prenaient une patine noire, dans l'air cendreux. On croyait voir distinctement. Par exemple, le gros châtaignier pourri, effondré, qui venait à lui entre les tiges droites de la cépée. Mais pour peu que l'œil cherche un détail, par habitude, il découvrait que le monde, en glissant vers la nuit, s'était simplifié. Le sol, les arbres, semblaient tirés d'une même substance compacte et grise, une sorte de marne sèche. Les replis de l'écorce, les papillotes de lichen, le détail des feuilles avaient été gommés d'un coup.

Le sentier courait, d'un ocre éteint, parallèlement à sa fuite. Une halte qu'il fit lui révéla bientôt le froissement léger, tenace, discutable d'abord puis indubitable, qui deux fois l'avait jeté en avant.

La fraîcheur du sous-bois se précisait. Ce n'était pas seulement celle du soir. Il venait de traverser des bruits menus de sources. Il respirait des odeurs froides d'eau et de limon. Parfois, il ralentissait lorsque les raisons qu'il avait de fuir perdaient de l'évidence. Ce n'était plus une course, à peine un pas de gymnastique pendant lequel il s'efforçait de rendre leur signification véritable aux signes légers qui lui donnaient la chasse – froissements, vrombissements, avec quand même cet éclat de cuivre qui les rendait sérieux, mortels.

Je me demande quelle heure il peut être. La cendre, dans l'air, s'épaississait. Les arbres qui glissaient à ses côtés semblaient faits d'une argile noire, très fine, dont il s'appliquait à éviter le contact sournois, griffu. Le sol se déroba. Il s'appuya, se rattrapa, au passage, aux tiges lisses des arbres, perdit pied, dévala dans une cascade de froissements les derniers mètres du talus et toucha un plan horizontal – la berme. Plus bas, à travers la fourrure noire des saules, la Dordogne jetait un éclat de vitre.

Il s'ébroua, secouant l'étourdissement rapide de sa chute et le sentiment persistant d'incrédulité qui freinait sa course. L'étroit sentier courait entre la paroi abrupte de schiste qu'il avait descendue un peu n'importe comment et la grande flaque sombre où le ciel mettait d'ultimes pâleurs.

La bouche arrondie, il s'efforçait de contrôler la respiration saccadée qui lui bousculait la poitrine. Le talus, en aval, se mit à bruire. La route de la ville était coupée. À toutes jambes, il s'élança sur l'étroite passée sableuse, vers l'amont. Il n'avait pas fait vingt mètres que du couvert descendirent, comme en écho, des craquements ténus.

Il s'arrêta, dansa une seconde sur place – merde ! – puis se glissa en contrebas, sous les branches des saules, et s'agenouilla au ras de l'eau. Il avait soudain la gorge étrangement sèche. L'envie de plaisanter avant de revenir aux choses sérieuses lui avait passé.

Le silence était retombé, total. Enfin presque, car il avait dans l'oreille une vibration infime, suraiguë, comme d'un violon qui tiendrait une note, toujours la même, très loin. Mais il n'était pas sûr que ce fil sonore ne fût pas en lui, que ce ne fût pas simplement la possibilité que tout finisse bientôt, ici – l'énorme évidence de la vie balayée d'un coup. Curieux endroit pour rendre le dernier souffle, se sentir exister encore une dernière fraction de seconde, mais faiblement, à travers de l'ouate, une brume obscure. Tout ce que l'on a eu, été, aimé déjà englouti par l'ombre dont le cercle s'est rapproché aux dimensions d'un puits et qui s'apprête au dernier pas. On ne doit plus même percevoir la douleur, le corps étranger – la lourde balle rainurée qui s'est enfoncée dans la cage thoracique après avoir défoncé les côtes, labouré le parenchyme pulmonaire, déchiqueté conduits et artères, oubliée à peine reçue tant est fragile l'humaine machine, et prompte et facile sa complète ruine.

Une sorte d'éternuement lui parvint de l'aval,

porté par l'eau. Un chien. Ils avaient un chien. Il ne servait à rien de se tapir sous les branches basses.

Il fut tenté de débouler comme un sanglier, de courir sur celui qui barrait le chemin de la ville, de le bousculer, de lui porter un coup de couteau. Ils se feront face. L'autre ne tirera pas. Lui arracher son fusil au passage. Il ne contrôlait plus trop bien sa pensée, ou plutôt c'est elle qui ne parvenait plus à prendre vis-à-vis de la situation où il se trouvait – et elle avec – le recul nécessaire, un peu de hauteur.

Il s'obligea, pendant deux ou trois secondes, à ne penser à rien.

Le silence restait entier. Ils n'attendent que ça. Même s'il arrivait au contact, il ne pèserait pas lourd face au colosse, ou même à Robert.

Une seconde, il s'imagina boulé sur l'étroite traînée de sable, une flaque noire s'élargissant dans la nuit, sous son corps.

Une fraîcheur intense, compacte, montait de la rivière.

De l'amont lui parvint une étroite frise sonore – un chaos menu de brindilles, de feuilles tombées, desséchées, se brisant, s'émiettant sous des bottes, des lamelles friables de schiste se détachant, glissant sur le talus. Le chien eut par deux fois l'éternuement bref qu'il avait déjà entendu.

Il abandonna le couteau à manche de bois. Avec une extrême douceur, il étendit une jambe, sentit sa chaussure, sa cheville crever l'eau sans un bruit. Elle était froide. Tout son corps se replia sur la jambe immergée. L'autre entra à son tour dans la flaque sombre avec des lenteurs reptiliennes. Il parvint à ne pas provoquer une ride. Comme si j'entrais dans un miroir. L'abrupt talus se prolongeait dans la rivière. Lorsque l'eau lui monta brutalement jusqu'au ventre, il ferma la bouche, coupant net l'aspiration bruyante, convulsive qu'il aurait eue, sans cela. Il était à flot, le visage au ras de la berge. Il enfonça profondément les bras dans le goudron glacial et pivota lentement sur place. Les jambes inertes, comme des planches, les mains repoussant doucement l'eau, sous lui, il se laissa porter vers l'aval sans s'éloigner de la berge. Il avait les oreilles noyées. Les deux chasseurs, à un mètre cinquante au-dessus de lui, devaient marcher à la rencontre l'un de l'autre. Si je cherche à les voir, j'attirerai leur regard. Il fit comme s'ils n'existaient pas. Les branches des saules glissaient lentement le long de ses joues. Il sentait par instants un remous profond le saisir et l'envelopper étroitement avant de le relâcher, comme si la Dordogne avait voulu identifier l'intrus qui s'insinuait dans son sommeil.

C'est comme un rêve. Il repoussait avec tendresse l'élément lourd et froid, ductile, qui glissait avec lui vers la mer. Il nageait en marge du temps, du moins du temps usuel, qu'on peut passer avec des enfants dans un volume géométrique et lumineux ou bien arpenter, la tête vide, parmi les monstres, au pied d'un escarpement. Il prit une brasse énergique, profondément coulée encore, à travers les longs filaments des saules qui touchaient son front.

Et comme il aurait couru éternellement dans les bois cendreux, il aurait pu nager, lui semblait-il, sans plus de cesse, jusqu'à l'océan.

Une lueur monta, au ras de l'eau, en avant de la ténèbre où il glissait. La rivière butait sur un éboulis. C'est l'absence d'arbres, de branches en surplomb qui éclairait son cours. Quoiqu'il se fût éloigné de son point d'immersion et ne perçût plus rien que l'imperceptible violon, il jugea encore prudent de rentrer dans le miroir. La bouche arrondie, il se rinça d'air frais les poumons à trois ou quatre reprises et s'emplit la poitrine. Aussitôt après, la tête ramenée sous le corps, basculant presque à la verticale dans le froid compact qui cédait, il s'enfonça sans bruit. Il ne commença à battre des jambes que lorsque ses mains eurent touché le fond lisse et gluant. Il repoussait vigoureusement la matière fluide, les yeux ouverts, mais comme aveugle, s'efforçant d'évaluer la distance parcourue dans la nuit liquide. Il ne refit surface qu'à l'instant où il se sentit près d'ouvrir la bouche, de respirer n'importe quoi, même de l'eau. Il était loin en deçà de la trouée vaguement lumineuse, un peu au large, au-delà des branches de saules.

Il s'enhardit à jeter un coup d'œil vers la rive. Il ne discernait rien. Un écran opaque.

L'appréhension soudaine qui l'avait transi lorsque les froissements l'avaient cerné, sur la berge, s'était dissipée, comme dissoute dans l'eau. La fraîcheur de la rivière était supportable. C'est presque l'été, encore. Sa tête crevant à peine la surface, au bas de la nuit, il songeait à l'incongruité de cette invisible flottaison vers l'ouest obscur où sommeillait la mer. Il était reconnaissant à Catherine de l'avoir rendu à lui-même. Enfin, d'avoir fait de lui, de quelques mots, quelque chose pour quoi il avait couru, tremblé aussi, un peu – pourquoi ne pas le reconnaître –, et nagé, à cette heure même, dans la Dordogne assoupie. Je n'aurais pas trouvé la lettre, je ne bougeais pas. En se rapprochant, il m'allumait, comme il dit. Il balança une dernière fraction de seconde, encore, l'œil fixe, la bouche au ras du miroir terni dans lequel son corps avait passé. Il se revit immobile, la poitrine perforée, le dos éventré, en quelque sorte, par la sortie du cylindre. Il jugea préférable cette nage silencieuse et de penser encore.

Il approchait d'un hémisphère laiteux, posé à une distance qu'il ne parvenait pas à évaluer sur la plaque vitreuse. Il pensa d'abord à une nouvelle trouée dans les saules et il respirait hâtivement pour s'imprégner d'oxygène, en prévision d'une nouvelle immersion, lorsque la clarté – c'était le brouillard – poussa contre son visage ses premières volutes. Déjà, l'écran ténébreux de la rive s'était effacé. Il flottait sous d'impalpables courtines. La tentation de dormir dans l'eau noire l'effleura. Elle était à peine déraisonnable. Il s'inquiéta un instant. Ce rideau lui cacherait la ville. Puis il se rappela que la Dordogne sortait de l'encaissement et s'éparpillait sur les galets.

Il devina la travée du pont. Un bandeau incertain, d'une légèreté aérienne, irréelle, qui trouait les vapeurs. En fait, le courant était vif. Surtout, l'eau lui venait aux épaules. D'en haut, on se rend mal compte. Les galets fuyaient sous ses pas sans qu'il pût prendre pied. Moitié nageant, moitié marchant, il se rapprocha de la rive qu'il ne distinguait pas. Une vapeur plus dense se rapprochait. Son buste émergea d'un coup. Il n'eut plus d'eau que jusqu'au genou. Il frissonnait violemment. L'air était comme du plomb. Penser, prévoir le geste suivant – avancer le pied gauche sous l'eau qui semblait de papier d'argent – n'allait plus de soi. Il lui fallait au préalable vérifier chaque pièce du mécanisme délicat, comme un boîtier de montre, d'où sortirait la décision. Il pataugea dans une vase tiède, puis la compacité formidable du globe monta sous lui.

Immobile dans ses vêtements dégoulinants, il cherchait à se repérer, montant et démontant un désordre de rouages et de pignons au milieu de fades lessives. Il avait oublié les bruits légers qui lui donnaient la chasse. Il fut doucement mais fermement arrêté, puis, comme il s'obstinait, repoussé à hauteur des cuisses avec d'autant plus de raideur qu'il insistait. Sa main sentit les fils bas. Dans l'ouate, c'était les prés. Il leva l'une après l'autre ses jambes de marbre et s'avança en grelottant dans les flottements de lait. Il retrouva, un peu plus tard, la résistance basse, réfléchit et leva encore les jambes. Le globe rendait un son mat. La route. Le collège était tout proche, peut-être ce cube indistinct, en avant.

Il connaissait le chemin. La question de savoir si l'on pourrait marcher tout en dormant avait revêtu une extraordinaire importance. Comme les somnambules. Ou plutôt, comme de respirer dans le sommeil. Je continue – je suppose, parce que je n'y avais jamais réfléchi – à respirer alors que je me suis comme absenté de moi-même. Il ne voyait pas pourquoi le corps, l'automate bipède, ne pourrait pas aller son chemin quand même la faible clarté intérieure s'est provisoirement éteinte, guidé comme au moyen d'un fil par la jonction de l'asphalte et de la banquette herbue.

Il marcha d'un pas ralenti vers l'astre pâle arrêté à cinq mètres du sol. D'autres sphères lumineuses sortaient de la nuit blanche, entre les façades. On dirait un décor. Il aurait surtout aimé connaître l'heure. Mais on ne pouvait imaginer âme qui vive dans cette apparence de murs. Son pas était sans écho. Il n'était pas très sûr de sa propre existence.

Les soleils voilés passèrent l'un après l'autre au zénith, déclinèrent, s'éteignirent avant même d'avoir touché l'horizon. Il se retournait parfois, sans trop en savoir la raison, sur son sillage. Un chien pouvait naître des vapeurs et il lui faudrait précipiter sa marche.

Lorsqu'il atteignit le hameau, il n'avait rien formé qui ressemble à une pensée depuis qu'il avait quitté la ville. Son pantalon mouillé lui écorchait les cuisses. Il grelottait continuellement. J'ai peut-être dormi. Il tourna entre deux cubes volumineux, mais dont le poids semblait, à deux mètres, presque négligeable. Il n'y avait plus très loin jusqu'au promontoire, mais après avoir couru, nagé, marché longtemps, il s'effrayait un peu des abrupts qui le séparaient de la chambre où il pourrait dormir, reprendre ce qu'il fallait de force pour affronter de nouveau l'étendue, atteindre Paris. Il se tint un instant pensif, les joues gonflées, au milieu de la chaussée, commanda à ses jambes rompues de se mouvoir et s'empoigna avec la terre qui se dressait contre lui.

Chaque pas petit qu'il faisait représentait toute une affaire, l'issue incertaine d'un processus complexe où entraient passablement de réflexion et de calculs et toute sa volonté. Il ne se souvenait même plus d'être sorti du brouillard. Sa tête avait émergé dans le ciel étoilé avec la même netteté qu'on fait surface. Ses pieds soudain, dans les chaussures spongieuses, avaient foulé la coulée noire de la chaussée. Comme des îles, les crêtes dominaient une mer opalescente.

Il quitta la route avant le dernier tournant,

celui qu'il fallait prendre en première. Il gravit avec peine le talus et s'agenouilla parmi des branches. Il haletait doucement et ne percevait rien que le va-et-vient rapide de l'air dans sa bouche et son nez. Un fil ténu reliait cette halte buissonnière à la rumeur chasseresse du crépuscule. Comme dans la Dordogne puis sur la route, l'idée de dormir prenait des proportions envahissantes. En ligne droite, il était à trois cents mètres du lit de cuivre. Autant dire à côté. Les chiens dorment bien, parfois, au pied des lits. La feuillée immobile qui touchait son visage l'aurait isolé suffisamment du ciel noir, des bois confus, abrité des regards. Si je ferme une seconde les yeux, je dors. Il frissonnait.

Il se déplia lentement et s'enfonça, les bras en avant, dans l'obscurité fourrée de branches. Il ne se souciait pas trop de la traînée bruissante qu'il laissait. Il soufflait très fort lorsqu'il parvint sur la crête mais il s'interdit de faire halte pour reprendre haleine. Le jour peut se lever à n'importe quel moment. Sa joue droite s'était mise à cuire sur son corps glacé. Sous le couvert, il s'abandonna à l'attraction terrestre, heurtant des troncs, crevant des réseaux de feuilles. Une étroite bande claire surgit sous ses pieds. Il était sur le sentier, au fond du ravin. Il brutalisa les engrenages démantibulés qui produisaient la pensée, compta soixante-sept pas et respira l'âcre parfum de noix verte. Il se jeta furieusement dans la broussaille qui séparait le bas du verger du sentier. Le roncier, qui lui venait à la poitrine, l'arrêta. Il respirait vite, en gémissant. Comme s'il tombait, il chargea de nouveau dans le fouillis acéré qui prétendait le retenir, l'engloutir. Il s'effondra dans les hautes herbes flétries, les mains déchirées, brûlantes. Surtout, ne pas fermer les yeux. S'aidant des genoux et des coudes, il gravit le versant boisé, traversant des couches faiblement odorantes de bois frais, de terreau, de feuilles sèches, de brou. Coupant au plus court, perdu dans l'herbe, il longea des souches sous lesquelles d'autres carabes-feu dormaient peut-être. Il atteignit le grillage effondré. Il en éprouva un peu de joie car il ne comptait plus le rencontrer. Il interrompit sa lente reptation et se tint vaguement aux aguets, le souffle court, cherchant à deviner des ombres mobiles ou seulement des statues entre le cube et la sphère de charbon que faisaient la maison et le tilleul. Il guettait aussi l'éternuement du chien. Je vais attendre jusqu'à trois cents. Cinq minutes. Mais au lieu de compter soixante et onze, soixante-douze – c'est trop long –, il se contenta de progresser par vingtaines – dix-neuf, vingt, un, deux, trois… –, si bien que, très vite, il ne sut plus trop où il en était. Il se désintéressa des chiffres et des nombres. D'ailleurs, de les ajouter convenablement les uns aux autres l'absorbait au point qu'il n'avait plus d'attention pour le monde extérieur. Il en avait assez. Il se redressa sans presque d'appréhension. D'un pas incertain, il traversa la terrasse. La porte de la salle à manger était restée ouverte. L'odeur de moisi l'enveloppa. Elle était accueillante. C'est que je suis fatigué. J'ai cessé de n'être plus rien. La petite mécanique délabrée tintinnabulait dans sa tête.

Ils m'attendent peut-être. Il dut s'arrêter de marcher pour réfléchir, debout dans la pièce obscure. C'est peu probable. Ils ne doivent pas être très rassurés. J'aurais pu passer à la mairie, à la gendarmerie. Je ne sais même pas où elle est. Ils pourraient d'ailleurs prétendre qu'ils avaient confondu ou que ce n'est pas eux. Que j'ai rêvé.

Il gravit l'escalier et fit une nouvelle pause. L'envie de dormir devenait douloureuse à force de douceur. Je vais. Il fit un pas, poussa la porte du débarras et alluma. La lumière crue de l'ampoule l'aveugla complètement. Il se détourna, aperçut les lames de sapin dans l'étroit interstice de ses paupières, ses mains pâlies par l'eau et le froid, couturées de gros fil rouge, la porte du placard. Il empoigna le Mauser, appuyé à la cloison. Le fusil pesait comme s'il eût été tout entier de fer. Il le coucha sur le parquet, fouilla dans la caisse, récupéra un chargeur complet qu'il enfonça dans le magasin. Il n'éprouvait ni crainte ni la tentation insidieuse de tourner contre lui le canon. Cette pensée, nette, comme extérieure, en amena une autre – qu'il fallait armer pour tirer. Il repoussa le gros levier. Ensuite, il se dépouilla avec peine de ses vêtements mouillés, passa un pantalon chiffonné et une chemise sale mais sèche qui traînaient dans la chambre et jeta la courtepointe sur ses épaules. Il revint dans le débarras. Il éteignit. Il s'assit, le dos à la cloison, les jambes repliées, le fusil sur le ventre et ferma les yeux.

Quelques secondes après – ou du moins au bout d'un temps qui paraissait de cet ordre quoique à y réfléchir un peu ou avec des repères objectifs, il se serait avéré beaucoup plus long –, il les ouvrit dans le noir. Il était gêné par le poids qui lui comprimait l'abdomen. Il s'étonna d'y découvrir le Mauser et lui-même dans cette étrange posture. Il avait l'esprit tout occupé d'images qu'il fut incapable de ressaisir. Mais sous ce vide qu'en fuyant elles avaient laissé, il discernait le brouillard, la nage dans la rivière froide, la fuite à travers bois, figés, accomplis quoique à peine passés. Les deux autres n'étaient jamais qu'à cinquante pas. Il ne comprenait pas son geste, d'être revenu là, directement ou presque, au risque d'être à nouveau tiré. J'étais fatigué. Puis il tressaillit. Le picotement désagréable lui traversa la poitrine et les bras. Il ne s'était sans doute pas réveillé tout seul. Quelque chose, qui s'était perdu avec les images dont il était si fort occupé en dormant, avait dû lui parvenir dans son sommeil et l'en arracher. Il retint son souffle. Il se sentait étrangement las et alerté, engourdi et tendu, prêt de nouveau à bouger, courir, nager pour préserver de la destruction l'organisme fatigué qu'il avait laissé quelques secondes auparavant contre la cloison.

Il crut percevoir un pas pesant, à trois mètres au-dessous, dans la salle à manger. Il écoutait, le visage dressé, éperdument. Je me suis trompé. Le silence s'étirait puis la vibration sourde monta encore. Une peur inconnue lui coupa le souffle, le paralysa. Il avait la tête vide. Il se brutalisait. Il pensa à Catherine qui n'était plus qu'à quelques heures de lui. Il serra l'arme pesante et se redressa doucement. Il était en chaussettes. Il glissa sur le palier et pressa le commutateur.

La masse bougeante qu'il devinait au pied de l'escalier devint Robert C.

D'une voix qu'il s'efforçait de rendre ferme, il prit la parole. La cage d'escalier était obscure. Seules les dernières marches et l'extrémité de la salle à manger étaient illuminées. Maintenant, ça suffit. Robert C. leva les yeux. Il distinguait peut-être dans la pénombre la chemise d'été, claire, et la tache blême d'un visage, au-dessus. Il n'hésita pas une seconde et se jeta à l'assaut de l'escalier, le fusil en travers du corps.

L'autre, d'une voix qui se brisa, s'efforçait de parler encore. Arrêtez ! Foutez le camp. En pivotant légèrement, il releva le Mauser qu'il tenait à la hanche, si bien que le canon se trouva approximativement pointé sur la veste de velours à grosses côtes qui montait vers lui en avalanche. La férocité qu'il put lire dans les yeux pâles, tout proches, était si pure, si concentrée, qu'il recula d'un pas, contre la cloison, comme si on lui eût jeté deux charbons ardents à la figure. La bouche entrouverte, qui ne souriait plus, venait juste en dessous. C'est d'elle que fusait l'imprécation venimeuse – petit con – tandis que les deux canons du fusil de chasse amorçaient en s'élevant le quart de cercle qui s'achèverait, selon toute vraisemblance, dans le prolongement de sa poitrine ou de de sa tête. Cela se déroulait, existait, à une vitesse prodigieuse. Mais chaque moment de l'événement restait parfaitement distinct parce qu'il était d'une extrême gravité. Aussi put-il saisir dans les yeux pâles, juste avant qu'ils ne quittent la zone basse de lumière, une ombre ou un éclair brefs – il ne savait trop. Peut-être parce qu'en cherchant le point de son corps que le plomb durci allait perforer, déchiqueter, dans l'ombre, ils avaient deviné soudain le fût étroit de l'arme de guerre. Foutez le ! Il distinguait déjà le double orifice du calibre 12 quand il appuya sur la détente.

Le fracas de la détonation remplit à ras bord la cage d'escalier en même temps que le Mauser lui tirait brutalement les bras en arrière, lui meurtrissant la hanche, la crosse cognant contre la cloison. Il ne voyait plus rien, abasourdi, l'oreille tintante, et il manœuvrait maladroitement le levier pour faire monter une nouvelle balle dans le canon. Robert C. s'était effondré à ses pieds, la tête sur l'avant-dernière marche. Des volutes de fumée grise envahissaient paresseusement le bloc de clarté. La douille roula dans l'escalier avec un petit bruit dur et clair. De la neige voltigeait aussi dans la lumière jaune. Avant qu'il ait pu s'interroger sur sa provenance, une masse confuse, rapide, avait surgi au bas de l'escalier. Béant, à moitié sourd encore, il doutait d'avoir pu provoquer d'une simple pression de l'index ce fracas, immobiliser l'avalanche de velours et de fureur pâle qui se jetait vers lui. Il chercha désespérément à esquiver, esquissa un pas rapide vers la droite. La détonation, plus plate, comme d'une immense cymbale, lui enfonça dans le côté gauche des ongles chauffés à blanc qui le clouèrent au mur. Il eut un râle écœurant puis se laissa glisser contre la cloison, au milieu d'une épaisse poussière de plâtre. Il n'avait pas lâché le Mauser. À travers la fumée bleue, la neige impalpable qui tourbillonnait, les globules lumineux dont elle était inexplicablement mêlée, il s'évertua à faire face, à ne pas se recroqueviller autour de la main de fer qui lui déchirait le flanc. Il ne faut pas respirer. Antoine avait éjecté la douille brûlée d'un simple coup de son fusil sur son genou, le pouce rabattant simultanément le verrou. Sa main gauche, repliée à hauteur du cœur, cherchait dans la poche du treillis une nouvelle cartouche.

L'autre pensait avec une netteté qu'il attribua, comme l'instant d'avant, au sérieux exceptionnel de l'affaire. Ça pouvait mal se terminer. D'ailleurs, la vie s'était peut-être déjà retirée de l'amas confus qui s'était formé à ses pieds. Il pensa encore qu'Antoine n'était pas si fort que ça. À cinq mètres, il aurait dû m'arracher la figure. Il sentit qu'une incoercible nausée allait le terrasser. La culasse du Mauser béait. Un mince filet de fumée filtrait encore du tonnerre de l'arme.

La main épaisse avait quitté la poche avec un cylindre rouge entre le pouce et l'index. Il intima à la houle pourpre qui s'enflait l'ordre sévère d'attendre encore, presque de reculer, et repoussa le levier. Les doigts incandescents lui fouaillèrent le flanc. Il eut à nouveau un râle inhumain. Il aurait voulu demander à Antoine, à qui la syncope métallique avait fait lever la tête, d'arrêter. Foutez le camp. Il remuait les lèvres, la langue, mais il ne devait pas se former de sons. Il avait dévié le canon du Mauser de façon à le diriger vers le colosse illuminé. Il ne vit pas le regard noyé dans l'ombre des sourcils, devina le geste rapide qui plongeait la cartouche dans le canon du fusil de chasse tandis que le corps immense reculait vers l'abri de la cloison. Il appuya aussitôt sur la détente. Il n'aurait pas eu la force d'épouser avec l'arme pesante le mouvement preste qui allait lui dérober Antoine.

Le recul lui arracha le Mauser des mains. La cage d'escalier résonna pour la troisième fois du prodigieux fracas de la détonation. Les globules brillants lui dissimulaient presque le bloc de lumière jaune où tourbillonnait la fumée grise.

Antoine qui allait passer derrière la cloison avait eu un bref tressaillement de la tête lorsque la flamme courte et le vacarme avaient jailli du canon. Manqué. Il avait si mal que le coup de grâce serait presque le bienvenu. Il comptait, très vite. Huit cents mètres-seconde. Le crâne n'a pas un centimètre d'épaisseur. L'intervalle était si bref entre l'instant où les billes de plomb atteindraient le visage, l'os frontal, et celui où elles auraient saccagé l'organe de la pensée qu'il protège de sa paroi qu'il n'y aurait pas place pour une sensation.

Antoine avait fait un pas en avant. Il était de nouveau tout entier dans la lumière neigeuse, la tête basse, énorme. Une cible facile. Le Mauser reposait sur le parquet. Mais l'autre, sur le palier, n'avait plus le courage de remuer. Cela faisait mouvoir les doigts de fer incrustés dans son flanc. Il haletait avec d'infinies précautions. Le fusil de chasse tomba dans le silence revenu. Antoine avança encore d'un pas vacillant. Son corps avait pivoté. Sous l'épais sourcil, la partie droite du visage manquait : un creux rouge l'avait remplacée, où l'on devinait, à nu, du blanc.

Une vapeur sombre monta, où les lucioles dansaient toujours. La nausée, d'assis qu'il était, contre la cloison, le coucha sur le palier. Il vomit dans un gouffre écarlate, la main incandescente remuant en lui, le pétrissant. Il n'entendit pas la chute lourde du colosse.

Quand il ouvrit les yeux, une clarté grise tombait de l'œil-de-bœuf, au-dessus de lui ; en bas, la lumière jaune avait pâli. La neige avait cessé de tomber. Il comprenait mal. Son regard rencontra successivement Robert et Antoine, dont il ne pouvait voir les visages. Celui d'Antoine reposait dans une large flaque noire.

Il avait la tête vide. Une pulsation sourde traversait son flanc engourdi, sous la chemise trempée. Il n'osa pas y porter la main. Il bougea. Ça brûlait. Je vais remuer tout doucement. Le haut du pantalon aussi était mouillé. J'ai rendu. Il se souleva précautionneusement sur un coude, éveillant des odeurs – de moisi, de poudre rancie, de vomi, de… Il ne savait pas, crue et froide. De sylvain. Il glissa le long du corps de Robert, couché sur son fusil. Le feu s'était rallumé. Il criait à mi-voix, sur le même ton. Il en profita pour atteindre le bas de l'escalier, les pieds dans la mare sombre. Je vais attendre que la flamme baisse. Des points brillants tournoyaient sur l'eau noire. Catherine m'attend. Il se remit à glisser sur le flanc droit, en s'aidant du coude et de la jambe, toujours poussant sa plainte monocorde. Le parquet de sapin facilitait sa lente reptation. Les clés. Il s'aida d'une chaise, tâtonna sur le plateau de la table. Il sentit le froid du verre et poussa, quoique en s'étirant il attisât la flamme. Le verre tomba. Sans le voir, il parla à l'*hispanus*. Fous le camp. Il ramena les clés d'une main qui tremblait désordonnément.

Il dut faire une nouvelle halte pour que la

flamme qui l'enveloppait retombe et pour penser un peu, aussi. Je partirai en troisième.

La fraîcheur de l'aube le fit frissonner. Il rampa dans du bleu très clair, sur l'herbe grise. Il tira la portière et se hissa sur le siège en hurlant. Quand il ouvrit les yeux, le volant lui meurtrissait la tempe. Il avait, sous le nez, le compteur de vitesse, à zéro. Je ne pourrai pas me servir de la gauche. Il tira le starter, à fond, débraya du pied droit et passa en troisième. Il embraya doucement. La voiture se mit à cogner brutalement, mais elle avançait. Vite, sa jambe droite revint se poser sur l'accélérateur. Il voyait mal. Il quitta la terrasse et prit à droite, vers Paris.

DU MÊME AUTEUR

Aux Éditions Gallimard

CATHERINE (« Folio » *n° 6255*)

CE PAS ET LE SUIVANT

LA BÊTE FARAMINEUSE (« Folio » *n° 6256*)

LA MAISON ROSE

L'ARBRE SUR LA RIVIÈRE

C'ÉTAIT NOUS

LA MUE

L'ORPHELIN

LA TOUSSAINT

MIETTE (« Folio » *n° 2889*)

LA MORT DE BRUNE (« Folio » *n° 3012*)

LE PREMIER MOT

JUSQU'À FAULKNER (« L'un et l'autre »)

CHASSEUR À LA MANQUE (« Le Cabinet des lettrés »)

Aux Éditions Fata Morgana

LA CASSE

POINTS CARDINAUX

LE FLEUVE DES ÂGES

Aux Éditions Verdier

LE MATIN DES ORIGINES

LE GRAND SYLVAIN

LE CHEVRON

LA LIGNE

BACK IN THE SIXTIES

LES FORGES DE SYAM

UNE CHAMBRE EN HOLLANDE

CARNET DE NOTES. JOURNAL 1980-1990

CARNET DE NOTES. JOURNAL 1991-2000

CARNET DE NOTES. JOURNAL 2001-2010

CARNET DE NOTES. JOURNAL 2011-2015

Chez d'autres éditeurs

JOHAN ZOFFANY, VÉNUS SUR LES EAUX, avec Bernadette de Boysson, William Blake & Co

HAUTE TENSION, William Blake & Co

L'IMMÉMORABLE, avec Magdi Senadji, Éditions À Une Soie

L'EMPREINTE, avec Cueco, Éditions François Janaud

D'ABORD, NOUS SOMMES AU MONDE, avec Alain Turpault, Éditions du Laquet

AU JOUR CONSUMÉ, avec Jean-Michel Fauquet, Éditions Filigranes

LA CÉCITÉ D'HOMÈRE, Éditions Circé

LE BOIS DU CHAPITRE, Éditions Théodore Balmoral

ANNÉES FOLLES, Éditions Circa 1924

B-17 G, Argol Éditions

COLLECTION FOLIO

Dernières parutions

5956. Lao-tseu	*Tao-tö king*
5957. Marc Aurèle	*Pensées. Livres I-VI*
5958. Montaigne	*Sur l'oisiveté et autres essais en français moderne*
5959. Léonard de Vinci	*Prophéties* précédé de *Philosophie* et *Aphorismes*
5960. Alessandro Baricco	*Mr Gwyn*
5961. Jonathan Coe	*Expo 58*
5962. Catherine Cusset	*La blouse roumaine*
5963. Alain Jaubert	*Au bord de la mer violette*
5964. Karl Ove Knausgaard	*La mort d'un père*
5965. Marie-Renée Lavoie	*La petite et le vieux*
5966. Rosa Liksom	*Compartiment n° 6*
5967. Héléna Marienské	*Fantaisie-sarabande*
5968. Astrid Rosenfeld	*Le legs d'Adam*
5969. Sempé	*Un peu de Paris*
5970. Zadie Smith	*Ceux du Nord-Ouest*
5971. Michel Winock	*Flaubert*
5972. Jonathan Coe	*Les enfants de Longsbridge*
5973. Anonyme	*Pourquoi l'eau de mer est salée et autres contes de Corée*
5974. Honoré de Balzac	*Voyage de Paris à Java*
5975. Collectif	*Des mots et des lettres*
5976. Joseph Kessel	*Le paradis du Kilimandjaro et autres reportages*
5977. Jack London	*Une odyssée du Grand Nord*
5978. Thérèse d'Avila	*Livre de la vie*
5979. Iegor Gran	*L'ambition*
5980. Sarah Quigley	*La symphonie de Leningrad*
5981. Jean-Paul Didierlaurent	*Le liseur du 6h27*

5982. Pascale Gautier *Mercredi*
5983. Valentine Goby *Sept jours*
5984. Hubert Haddad *Palestine*
5985. Jean Hatzfeld *Englebert des collines*
5986. Philipp Meyer *Un arrière-goût de rouille*
5987. Scholastique Mukasonga *L'Iguifou*
5988. Pef *Ma guerre de cent ans*
5989. Pierre Péju *L'état du ciel*
5990. Pierre Raufast *La fractale des raviolis*
5991. Yasmina Reza *Dans la luge d'Arthur Schopenhauer*
5992. Pef *Petit éloge de la lecture*
5993. Philippe Sollers *Médium*
5994. Thierry Bourcy *Petit éloge du petit déjeuner*
5995. Italo Calvino *L'oncle aquatique*
5996. Gérard de Nerval *Le harem*
5997. Georges Simenon *L'Étoile du Nord*
5998. William Styron *Marriott le marine*
5999. Anton Tchékhov *Les groseilliers*
6000. Yasmina Reza *Adam Haberberg*
6001. P'ou Song-ling *La femme à la veste verte*
6002. H. G. Wells *Le cambriolage d'Hammerpond Park*
6003. Dumas *Le Château d'Eppstein*
6004. Maupassant *Les Prostituées*
6005. Sophocle *Œdipe roi*
6006. Laura Alcoba *Le bleu des abeilles*
6007. Pierre Assouline *Sigmaringen*
6008. Yves Bichet *L'homme qui marche*
6009. Christian Bobin *La grande vie*
6010. Olivier Frébourg *La grande nageuse*
6011. Romain Gary *Le sens de ma vie* (à paraître)
6012. Perrine Leblanc *Malabourg*
6013. Ian McEwan *Opération Sweet Tooth*
6014. Jean d'Ormesson *Comme un chant d'espérance*
6015. Orhan Pamuk *Cevdet Bey et ses fils*

6016. Ferdinand von Schirach	*L'affaire Collini*
6017. Israël Joshua Singer	*La famille Karnovski*
6018. Arto Paasilinna	*Hors-la-loi*
6019. Jean-Christophe Rufin	*Les enquêtes de Providence*
6020. Maître Eckart	*L'amour est fort comme la mort* et autres textes
6021. Gandhi	*La voie de la non-violence*
6022. François de La Rochefoucauld	*Maximes*
6023. Collectif	*Pieds nus sur la terre sacrée*
6024. Saâdi	*Le Jardin des Fruits*
6025. Ambroise Paré	*Des monstres et prodiges*
6026. Antoine Bello	*Roman américain*
6027. Italo Calvino	*Marcovaldo* (à paraître)
6028. Erri De Luca	*Le tort du soldat*
6029. Slobodan Despot	*Le miel*
6030. Arthur Dreyfus	*Histoire de ma sexualité*
6031. Claude Gutman	*La loi du retour*
6032. Milan Kundera	*La fête de l'insignifiance*
6033. J.M.G. Le Clezio	*Tempête* (à paraître)
6034. Philippe Labro	*« On a tiré sur le Président »*
6035. Jean-Noël Pancrazi	*Indétectable*
6036. Frédéric Roux	*La classe et les vertus*
6037. Jean-Jacques Schuhl	*Obsessions*
6038. Didier Daeninckx – Tignous	*Corvée de bois*
6039. Reza Aslan	*Le Zélote*
6040. Jane Austen	*Emma*
6041. Diderot	*Articles de l'Encyclopédie*
6042. Collectif	*Joyeux Noël*
6043. Tignous	*Tas de riches*
6044. Tignous	*Tas de pauvres*
6045. Posy Simmonds	*Literary Life*
6046. William Burroughs	*Le festin nu*
6047. Jacques Prévert	*Cinéma* (à paraître)
6048. Michèle Audin	*Une vie brève*

6049. Aurélien Bellanger	*L'aménagement du territoire*
6050. Ingrid Betancourt	*La ligne bleue*
6051. Paule Constant	*C'est fort la France !*
6052. Elena Ferrante	*L'amie prodigieuse*
6053. Éric Fottorino	*Chevrotine*
6054. Christine Jordis	*Une vie pour l'impossible*
6055. Karl Ove Knausgaard	*Un homme amoureux, Mon combat II*
6056. Mathias Menegoz	*Karpathia*
6057. Maria Pourchet	*Rome en un jour*
6058. Pascal Quignard	*Mourir de penser*
6059. Éric Reinhardt	*L'amour et les forêts*
6060. Jean-Marie Rouart	*Ne pars pas avant moi*
6061. Boualem Sansal	*Gouverner au nom d'Allah* (à paraître)
6062. Leïla Slimani	*Dans le jardin de l'ogre*
6063. Henry James	*Carnets*
6064. Voltaire	*L'Affaire Sirven*
6065. Voltaire	*La Princesse de Babylone*
6066. William Shakespeare	*Roméo et Juliette*
6067. William Shakespeare	*Macbeth*
6068. William Shakespeare	*Hamlet*
6069. William Shakespeare	*Le Roi Lear*
6070. Alain Borer	*De quel amour blessée* (à paraître)
6071. Daniel Cordier	*Les feux de Saint-Elme*
6072. Catherine Cusset	*Une éducation catholique*
6073. Eugène Ébodé	*La Rose dans le bus jaune*
6074. Fabienne Jacob	*Mon âge*
6075. Hedwige Jeanmart	*Blanès*
6076. Marie-Hélène Lafon	*Joseph*
6077. Patrick Modiano	*Pour que tu ne te perdes pas dans le quartier*
6078. Olivia Rosenthal	*Mécanismes de survie en milieu hostile*
6079. Robert Seethaler	*Le tabac Tresniek*
6080. Taiye Selasi	*Le ravissement des innocents*

6081. Joy Sorman — *La peau de l'ours*
6082. Claude Gutman — *Un aller-retour*
6083. Anonyme — *Saga de Hávardr de l'Ísafjördr*
6084. René Barjavel — *Les enfants de l'ombre*
6085. Tonino Benacquista — *L'aboyeur*
6086. Karen Blixen — *Histoire du petit mousse*
6087. Truman Capote — *La guitare de diamants*
6088. Collectif — *L'art d'aimer*
6089. Jean-Philippe Jaworski — *Comment Blandin fut perdu*
6090. D.A.F. de Sade — *L'Heureuse Feinte*
6091. Voltaire — *Le taureau blanc*
6092. Charles Baudelaire — *Fusées – Mon cœur mis à nu*
6093. Régis Debray et Didier Lescri — *La laïcité au quotidien. Guide pratique*
6094. Salim Bachi — *Le consul* (à paraître)
6095. Julian Barnes — *Par la fenêtre*
6096. Sophie Chauveau — *Manet, le secret*
6097. Frédéric Ciriez — *Mélo*
6098. Philippe Djian — *Chéri-Chéri*
6099. Marc Dugain — *Quinquennat*
6100. Cédric Gras — *L'hiver aux trousses. Voyage en Russie d'Extrême-Orient*
6101. Célia Houdart — *Gil*
6102. Paulo Lins — *Depuis que la samba est samba*
6103. Francesca Melandri — *Plus haut que la mer*
6104. Claire Messud — *La Femme d'En Haut*
6105. Sylvain Tesson — *Berezina*
6106. Walter Scott — *Ivanhoé*
6107. Épictète — *De l'attitude à prendre envers les tyrans*
6108. Jean de La Bruyère — *De l'homme*
6109. Lie-tseu — *Sur le destin*
6110. Sénèque — *De la constance du sage*
6111. Mary Wollstonecraft — *Défense des droits des femmes*

6112.	Chimamanda Ngozi Adichie	*Americanah*
6113.	Chimamanda Ngozi Adichie	*L'hibiscus pourpre*
6114.	Alessandro Baricco	*Trois fois dès l'aube*
6115.	Jérôme Garcin	*Le voyant*
6116.	Charles Haquet et Bernard Lalanne	*Procès du grille-pain et autres objets qui nous tapent sur les nerfs*
6117.	Marie-Laure Hubert Nasser	*La carapace de la tortue*
6118.	Kazuo Ishiguro	*Le géant enfoui*
6119.	Jacques Lusseyran	*Et la lumière fut*
6120.	Jacques Lusseyran	*Le monde commence aujourd'hui*
6121.	Gilles Martin-Chauffier	*La femme qui dit non*
6122.	Charles Pépin	*La joie*
6123.	Jean Rolin	*Les événements*
6124.	Patti Smith	*Glaneurs de rêves*
6125.	Jules Michelet	*La Sorcière*
6126.	Thérèse d'Avila	*Le Château intérieur*
6127.	Nathalie Azoulai	*Les manifestations*
6128.	Rick Bass	*Toute la terre qui nous possède*
6129.	William Fiennes	*Les oies des neiges*
6130.	Dan O'Brien	*Wild Idea*
6131.	François Suchel	*Sous les ailes de l'hippocampe. Canton-Paris à vélo*
6132.	Christelle Dabos	*Les fiancés de l'hiver. La Passe-miroir, Livre 1*
6133.	Annie Ernaux	*Regarde les lumières mon amour*
6134.	Isabelle Autissier et Erik Orsenna	*Passer par le Nord. La nouvelle route maritime*
6135.	David Foenkinos	*Charlotte*

6136. Yasmina Reza — *Une désolation*
6137. Yasmina Reza — *Le dieu du carnage*
6138. Yasmina Reza — *Nulle part*
6139. Larry Tremblay — *L'orangeraie*
6140. Honoré de Balzac — *Eugénie Grandet*
6141. Dôgen — *La Voie du zen. Corps et esprit*
6142. Confucius — *Les Entretiens*
6143. Omar Khayyâm — *Vivre te soit bonheur ! Cent un quatrains de libre pensée*
6144. Marc Aurèle — *Pensées. Livres VII-XII*
6145. Blaise Pascal — *L'homme est un roseau pensant. Pensées (liasses I-XV)*
6146. Emmanuelle Bayamack-Tam — *Je viens*
6147. Alma Brami — *J'aurais dû apporter des fleurs*
6148. William Burroughs — *Junky* (à paraître)
6149. Marcel Conche — *Épicure en Corrèze*
6150. Hubert Haddad — *Théorie de la vilaine petite fille*
6151. Paula Jacques — *Au moins il ne pleut pas*
6152. László Krasznahorkai — *La mélancolie de la résistance*
6153. Étienne de Montety — *La route du salut*
6154. Christopher Moore — *Sacré Bleu*
6155. Pierre Péju — *Enfance obscure*
6156. Grégoire Polet — *Barcelona !*
6157. Herman Raucher — *Un été 42*
6158. Zeruya Shalev — *Ce qui reste de nos vies*
6159. Collectif — *Les mots pour le dire. Jeux littéraires*
6160. Théophile Gautier — *La Mille et Deuxième Nuit*
6161. Roald Dahl — *À moi la vengeance S.A.R.L.*
6162. Scholastique Mukasonga — *La vache du roi Musinga*
6163. Mark Twain — *À quoi rêvent les garçons*
6164. Anonyme — *Les Quinze Joies du mariage*
6165. Elena Ferrante — *Les jours de mon abandon*

Composition Nord compo
Impression Maury Imprimeur
45330 Malesherbes
le 27 décembre 2016.
Dépôt légal : décembre 2016.
Numéro d'imprimeur : 214846.

ISBN 978-2-07-2700420-8. / Imprimé en France.

310383